James Nicholson

Willie Waugh

And Other Poems

James Nicholson

Willie Waugh
And Other Poems

ISBN/EAN: 9783744765602

Printed in Europe, USA, Canada, Australia, Japan

Cover: Foto ©Andreas Hilbeck / pixelio.de

More available books at **www.hansebooks.com**

WILLIE WAUGH

And OTHER POEMS.

BY

JAMES & ELLEN C. NICHOLSON.

" To mak' a happy fireside shine
To weans and wife,
That's the true pathos and sublime
O' human life."
—BURNS.

J. MENZIES & CO., EDINBURGH AND GLASGOW.

J. M'GEACHY, GLASGOW.

1884.

GLASGOW:

PRINTED BY HAY NISBET AND CO.,

STOCKWELL STREET.

PREFACE.

THE present forms the last of a trio of volumes of verse, namely—"Idylls o' Hame"; "Poems" (1880); and "Willie Waugh; and Other Poems." These three, I am led to believe, contain the best of my poetical effusions; while the two latter contain, also, not a few poems by my daughter, ELLEN C. NICHOLSON. Besides these, my Temperance Poems occupy two smaller volumes—"Kilwuddie," and "Tibbie's Garland"; while my Educational vols. comprise "Father Fernie, the Botanist," and "Nightly Wanderings in the Gardens of the Sky"; so that, altogether, I should say—for one denied even the common rudiments of a school education—I have written enough : quite enough to afford the world the opportunity of deciding as to their worth, and more than enough should that decision be adverse in its character.

The results, so far as they have transpired, are to me very satisfactory; knowing that they have given pleasure to many, and also aided not a few in the great battle of Life. They have, besides, been the means of greatly enlarging my circle of friends, and endearing me to many hearts.

It will be found that "The Clock and the Bellows," and one or two other poems, have been transferred from my temperance volumes to the present one, as being their more appropriate place.

As I have elsewhere said, my daughter's pieces speak for themselves; and will, I have no doubt, one day form a volume by themselves.

Meanwhile we avail ourselves of this opportunity of thanking our many subscribers for the aid they have afforded us in bringing this new effort before the reading public.

Merryflats, Govan, 1884.

CONTENTS.

WILLIE WAUGH.

———

MISCELLANEOUS POEMS.

POEMS BY ELLEN CORBET NICHOLSON.

WILLIE WAUGH.

O' Auld Kilwuddie, in my rustic lays
Erst hae I sung ; nor only sung her praise,—
I tuned my doric harp to sing her blame—
Her waefu' curse—the curse o' mony a hame !
Fair wad I sing, Kilwuddie, o' thy charms—
Thy shelterin' hills, green dales, an' uplan' farms,
Whaur, like a king, I spent my early days
Herdin' the kye amang thy flowery braes.

Thy dark fir woods an' wavin' plantains green,
Grey lichened rocks an' burns that row between,
Thy windin' Aven, an' Polmillon's stream,
Shall live for aye in memory's pictured dream !
Still fancy wanders to the Fairy burn
Whaur steal the waters frae their rocky urn—
Whaur clusterin' hazels couthiely o'erspread
Their leafy arms to shield the burnie's bed :

Whaur, when a laddie, frae the steerin' toun—
When thrifty mither stript me o' my shoon—

2

I used to wan'er lanely by mysel'
To seek the fairies in their sylvan dell—
To wade the burn, whase limpid waters, cool,
Made a clear mirror o' the rock-bound pool;
There, wi' my breeks row'd up abune my knees,
I stood between what seemed twa worl's o' trees.

Doun through the liquid glass, could see for miles
Blue leagues o' sky, trees, hedges, slaps, an' stiles;
Through, 'mang the quiverin' leaves, delighted saw
The simmer clouds that shone like hills o' snaw.
To Nature's harmonies ilk sense attuned,
Wi' Poesy, e'en then, my heart communed—
E'en then her magic spell my heart subdued—
E'en then my greatest bliss was solitude.

Methinks I hear afar the soughin' din'
Upon the breath o' evenin' sweetly borne,
From Kypa's flood, hoarse, breakin' owre the lin,
Blent wi' the rustle o' the wavin' corn.
The cuckoo's mellow sang still greets mine ear;
Anon, I hear the curlew's wailin' cry;
Still craiks yon viewless bird amang the bere;
How sad the wail o' plovers sailin' by!

At gloamin' fa', what sounds familiar come—
The collie's bark, the beetle's drowsy hum,
The bleat o' lambs, the low o' hameward kye,
Their swingin' udders laden heavily.

Hark, on the wing, the muirfowl's distant whirr !
Alternate wi' the paitrick's "chick, chick, chur,"
The vesper sang o' Robin, saft an' sweet,
The muir-snipe's upward chirp an' dounward bleat.

A' nature sinks in dreamy saft repose,
The western skies their crimson curtains close,
The milk-maid leans her dimpled rosy cheek
'Gainst hawkie's side, amaist as saft an' sleek ;
The while she strones into the frothy pail
The creamy nectar o' the clover vale,
To some love-lilt her souple han's keep time,
Her breath the while mair sweet than blossomed thyme.

Sic are the themes I lo'e, sic wad I sing,
But duty bids me strike anither string.
The muse o' Caledonia, stern an' true,
Wi' dowie Yarrow wreathes her noble broo ;
The tear unbidden fills her dark blue ee ;
Her thistle tap hangs drooping mournfully ;
The bonnie tresses o' her gowden hair,
Dishevelled, hang adoun her shouthers fair !

She mourns wi' me the fiery spate that drouns
The populations o' her thrivin' touns ;
Nor touns alane, but clachan, cot, an' farm
Groan 'neath the wecht o' Alcohol's strong arm.
O curst Intemp'rance ! bane o' ilka lan' !
Scotland, the foremost, tak's thee by the han'—

Her workin'-men mistak' thee for a frien',
Nor tent the deadly foe that lurks unseen.

Thou bluidy wolf within the family fauld !
That worries man an' wife frae hoose an' hauld ;
Even helpless innocence ye dinna spare,
The very weans wear faces o' despair.
Wha kens hoo mony tears mak' up the rills
That leap in sparklin' crystal doun oor hills ;
Mair hopes are dashed in lovin' hearts an' kind
Than leaves o' autumn scattered by the wind.

In vain the wail o' hapless wives and weans,
Wi' firmer grip the victims hug their chains.
Great God abune ! wha rul'st this beauteous world,
When from his high place shall Strong Drink be hurled ?
When shall the reign o' vile Intemperance en',
An' wisdom guide the steps o' workin'-men ?
When shall the mighty arm o' Christ, thy Son,
Smite the usurper o' his richtfu' throne ?
When shall the sons o' labour learn to trace
Thy love reflected in fair Nature's face,
Braid written on Creation's ample page
In glowin' characters frae age to age ?

Yet nane the less kind Heaven should we bless
For a' the countless blessings we possess—
Especially, for the onslaughts we hae made
Upon the foe in this oor great crusade.

I've seen the time when frae ilk ither door
Brak on the ear the bacchanalian roar ;
E'en on the Sabbath !—day o' blissfu' rest !—
Full bleezed those hells unhallowed an' unblest,
When, 'stead o' voice o' psalms or breath o' prayer,
Wild oaths an' curses stained the Sabbath air.

Noo, warkmen bless the day that brings them quiet,
An' bless the law that swept sic scenes o' riot
Frae Scotia's sacred day, for guid an' a,—
E'en drunkards bless the guid M'Kenzie Law !
Some tell us that sic scenes are yet repeated—
That queen an' magistrates alike are cheated
By smugglin' loons, wha keep the snug shebeen
Despite the glance o' gleg policemen's een ;
An' gran' hotels that shelter Sabbath revellers
In shape o' knaves ca'd *bona-fida* travellers,·
But to sic jawholes filth alane can flow—
They only tempt the lowest o' the low ;
The hale kith o' the trade's noo voted evil,
An' publicans, co-warkers wi' the deevil.

When Saturday's half holiday comes roun',
Sair toilin' men their wits mair seldom droun
In barley bree, real pleasure to obtain,
But aff like lightnin' wi' the boat or train
To bosky glen, blue loch, or rural grot,
To climb the breezy mountain wi' the goat—
While thus he roams, he gathers, like the bee,
Treasures o' health frae mountain, mead an' lea.

In winter, when the nichts grow dark and lang,
An' leisure moments heavy on us hang,
Then, in their season, come the " social teas,"
The Union concerts, an' the " gran' soirees,"
Then come the stars o' music doun frae Lunnon,
Wha's very names upon the bills are stunnin',
Upon the ear o' nicht ring sic encores,
The publicans are fain to steek their doors !

Eneuch we canna thank the institution*
That put sic worthy schemes in execution ;—
But, hark ! the Muse indignantly exclaims,
" Could ye forbear to chronicle sic names
As Melvin, Lang, M'Gavin, Tamas Steel,
An' chief o' a' the clan, great Neil M'Neill ?
Forbye sic magnates o' the Temperance movement,
Men sae devoted to the warld's improvement,
As Miller, Guthrie, Wallace, William Arnot ? "—
But to mak' free wi' cleric names, I daur not.

" Auld Reekie," famous against bills permissive,
Bauld Mitchell on his northern raid aggressive.
Besides that lang-ranged Gorbalonian gun,
Auld fail-me-never, Peter Ferguson !
A thousan' mair, as famous, I could tell,
No' e'en forgettin' Rookford †—an' mysel'.

---

* The Abstainers' Union.
† Author of " The Drunkard's Raggit Wean."

Amang oorsel's we disagree, nae doot!
An' think it fun to put ilk ither oot
Oor unions, leagues, an' district committees;
But whaur's the family that aye agrees
In a' its members? but, like weel-bred weans,
We pelt wi' dirt, instead o' clourin' stanes.

Frae this, they say, the cause but little suffers,
The candle burns the brichter for the snuffers;
But when frien's fa' pell-mell on ane anither,
The danger is, they snuff't oot a' thegither;
'Mang mortals here, is hard to fin' perfection,
But we should aim at least in that direction!
Noo, Alcohol! we put thee to defiance,
Since Temperance forms a branch o' social science.
See, yonder worthy patriotic band!
Whase names embrace the noblest in the land,
Discussin' schemes to meet oor country's need,
Wi' veteran Harry Brougham at their heid!

On the same platform peer an' peasant meet—
In social progress, class wi' class compete;
Noo sterlin' worth o'erleaps the wa' o' caste,
The days o' noble birth an' bluid are past:
Praise God! mankin' shall yet bask in the ray,
An' that ere lang, o' the millennial day;
Then join wi' oor endeavours, man an' woman,
To usher in the glorious guid time comin'!

PART I.

———

WILLIE HIS LANE.

SNUG in a wee thack biggin', a' his lane,
Screened frae the simmer's heat an' winter's rain.
Wi' twa big trees o' bonnie siller saugh,
In single bliss, for years, leev'd Willie Waugh :
Aye, bliss indeed ! for marriage was his ruin,
Frae whilk event he dated his undoin'.

The auld folk dee'd, an' left oor hero laird
O' a' they had—hoose, plenishin', an' yard,
Forbye, a ten-poun' note they'd hoarded lang—
Owre lang, indeed ! for feint o' it wad gang.
But lairds, ilk bodie kens, are jist like mice,
Some big, some wee, some get a dainty slice
O' Fortune's mickle cheese, some maist the hale o't.
Blin' jaud ! for a' a bodie's best endeavours,
Wi' partial han' she distributes her favours !

But though Will wasna rich, he was contentit,
An' for ilk mercy thank'd the Lord wha sent it ;
Nor idler he, a thriftie life he led,
A sarken weaver Willie had been bred ;

Nae wark to him cam' wrang, harn, hemp, or druggit,
Plaidin' or duffell, he could thump an' rug at,
And when the coarser kin's o' wark grew slack,
He gat his loom new muntit in a crack,
Hung on a lichter lay, syne in he clapit
A gingham, or a fifteen hun'er lappet.

Ne'er wore his broo the wing o' corbie care
(Unless 'twere after a Kilwuddie fair),
Though it was packit fu' o' ilka lear.
At early morn, mid-day, or sober nicht,
Books, flowers, and fossils, were his chief delicht;
His yard gart a' the neebors roun' him rail;
Instead o' savoy stocks an' curly kail,
Parsnips and parsley, siboes, leeks, and lettuce,
Except a raw or twa o' early tatties,
He crammed it fu' o' weeds and feckless flowers,
Mang whilk the bodie powtert whiles for hours;
Jist even-doun trash, that wi' their pouthery seeds
Fill'd a' the corn fields roun' wi' useless weeds.

Will ca'd them herbs, forbye, sic crabbit names
He gat in books—books fitter for the flames.
Ilk plant, he said, possessed some sovereign power,
Whilk, to preserve, he laid up 'mang the stour;
In sheafs and bunches frae the roof they hang,
Nests for the spiders a' the winter lang.
But neebors, though their bairns were ne'er sae ill,
The feint a ane o' them would risk his skill.

He ranged the glens an' meadows whaur they grew,
Thocht nocht o' gaun sax miles for something new.

An' then, sick names ! to simple folks like us—
The butter-cup was a Ranunculus !
That worthless weed ane meets ilk kintra road on,—
The dentylion, was a Leontodon !
The wee red gowan on the simmer lee,
Whilk guid auld Chaucer ca'd the young day's e'e,
Willie, wi' earnest look, glib-tongued, wad tell us
It's real scientific name was Bellows ! *

The yellow luckengowan was Globosus !
The Deevil's-bit a kin' o' Scabiosus !
The bonnie blaw-wart, Scotlan's sweet blue-bell,
Was a Campanula, if richt I spell ;
The nicks aroun' the rose leaf were Seratures !
Snail-cups the exuvae o' Moluscus creatures !
'Twad ta'en Auld Ossian's bard himsel' to soun' them ;
Folk won'ert hoo the deil his tongue gat roun' them !

Nor was it a'thegether admiration
O' them for their medicinal reputation ;
Willie possessed that heavenly inborn power
That worships beauty even in a flower !
That magic influence, the wizard charm
Auld Nature works in blended hue an' form,

---

* Bellis Perenis.

Stirred Willie's spirit to its dounmost deeps ;
Nor could the worshipper o' Mammon heaps
To his heart-idol be mair fondly wedded,
For in his very nature 'twas embedded.

An' though nae graduate o' Alma Mater,
O' ilka "ology" he had a smatter—
Read ilka book that cam' into his han's,
The whilk he brocht hame frae the auld book-stan's :
He had as mony maist as fill a cart,
Forbye auld ballads whilk he had by heart ;
Nor kent the "ologies," but a' the "isms,"
Whilk, said he, are like spectacles an' prisms,
Invented by their authors to mak' clear
What, itherwise, wad be but dark an' drear—
Specs sae adapted to the mortal sicht,
That what was dark an' dim as error's nicht,
Shines wi' the radiance o' an April sun—
At *least*, sae lang's the spectacles are on !

When farmers gathered frae their lan' the stanes,
To men' the roads, build dykes, an' put in drains,
Willie, as if to show his disregard,
Littered wi' stanes ilk neuk o' his bit yard.
I've kent him spen' a simmer's afternoon
Collectin' stanes frae glens an' quarries roun'—
Frae rock an' pit-head, burn, an' limey lea,
Cam wi' his pouches laden like a bee ;
An', t'weel, some o' them had an unco shape,
Ane like a fish wi' thrawin' mou' did gape,

Some like sea-welks, ithers no unlike mussels,
But shape, or nae shape, Willie ca'd them fossils;
He ne'er wad condescend to ca' them stanes,
But minerals, or else "rare specimens."

Great dauds o' blaze I've seen him split to sclaffers,
Some thick, some thin, some limp as ony waifers,
On whilk—as on auld coins, by wear defaced—
The forms o' vegetable life he traced!
He brocht a wheen ance frae ayont the Mearns,
Like breckan leaves, but Willie ca'd them ferns!

Auld fossil roots he had as grit's his body,
That micht hae ser'd auld Vulcan for a study;
Some queer pock-pitted anes he ca'd Stigmaria,
Ithers like rig-an'-fur were Sigilaria;
The rocks, he said, were Nature's prentit book,
Aulder, by far, than was the Pentateuch—
Aulder, by hoary ages, many millions—
That micht be multiplied to even trillions,
Creations that existed when was nocht o'
The warks o' man, ere man was even thocht o'.

Nor fossils had he only, dauds o' whinstane—
Kebbocks o' freestane micht hae made a grunstane,
Braid skipin' stanes as big an' roun's his bannet,
Big knoits o' chuckies, causeystanes o' granite,
Wi' bits an' chips o' ilka kin' o' coal,
Raw'd on the brace, or on the window-sole,

Gathered frae pit-heads whaur he used to hunt them,
Yet wad hae starved o' cauld or he'd brunt them.

He kent the history o' Mither Earth,
Up frae the very moment o' her birth,
When her volcanoes spewed oot fire an' flame,
An' dreadfu' earthquakes rumelled through her wame,
That to get vent, raised up in solid shape
Mountains an' hills frae chasms that did gape :

Hoo, for lang ages, had existed kye,
Ere there were farmers' wives to draw them dry—
Horses an' carts, ere there were drauchts to draw—
Waved crops o' hay, ere there were scythes to maw—
Estates an' farms, ere there were hinds to toil,
Or graspin' lairds to fatten on the soil—
Kingdoms unclaimed, ere there were yeomen guid,
Or tyrannisin' kings to shed their bluid.

But, hech sirs ! 'bout the universal Flood
Will was a sceptic, whilk boded nae guid !
In vain he tried the neebors to convince,
The hale world couldna' be submerged at ance ;
The Scripture deluge, thocht to be sae great,
Was, at the maist, an extraor'nar' spate !

"Nae doot," quo Will, "when men, beyond a' measure,
Had broke Heaven's law, some mark o' God's displeasure
Upon the sinfu' race was sure to fa',
An', like eneuch, a flood swept them awa'.

But, then, the space by folk inhabited,
Compared wi' earth, was unco limited;
Belike, some portion o' the earth sank doun,
An' swallowed up ilk clachan, cot, an' toun;
Or aiblins, some bit earthquake gie'd a wallop,
That sent the waves ashore wi' headlang gallop.

Their wark accomplished, they retired as soon
As they perceived there was nae mair to droun;
An' sae, ye see," quo Will, "there was nae need
The hale world should be plumpit owre the heid."
But a' his powers o' logic were in vain,
A universal flood we'd hae or nane.

An' syne, sic arguments the chiel wad raise
To prove to us, the sax creation days,
Instead o' days, were periods o' time,
The very thocht o' whilk was quite sublime;
Ages exceedin' far, he wadna won'er,
In years Methuselah's life, by mony a hunner!

But in his glory, only could ye see him,
Throned on his loom, describin' his museum;
His ae loom shop could boast a winnock wee,
Whaur his canary sang fu' bonnilie;
For years the lozens hadna gotten a dicht,
Nae won'er they wad scarce let in the licht,
The real cause o' whilk Will ne'er could gather,
Sae laid the wyte o't aye upon the weather.

The wa's, a wee thocht reeket, werna bare,
But, like the bed-rooms o' oor modern fair,
Wi' sheets o' gaudy paper pasted roun',
Gay as the broidered skirt o' flowry June ;
For ilka gem that decks oor Scottish hills—
Spangles the lea or droops beside the rills,
Ilk form o' leaf, ilk flower that sweetly blaws,
Lent their bricht hues to decorate his wa's.

There micht, I grant, be want o' uniformity,
That to a modern taste micht seem enormity.
But this at least, they werna dabs o' pent,
But real flowers by mither Nature lent,
Flung frae her liberal han' owre mead an' glen,
To cheer alike the hearts o' bairns an' men,
Whilk to preserve Will mony hours had ware't,
An' reckon'd them the treasures o' his heart.

Forbye his flowers, his fossils, an' his clays,
He had a lot o' curious auld nig-nayes,
As heads o' peaseweeps, bats, an' bawkie's wings,
The claws o' crabs, an' ither creepin things,
Horns o' a bison howkit frae a moss,
Lang-buried nits, baith fusionless an' boss,
Limpits an' labsters brocht frae foreign climes,
A rusty gun o' Covenantin' times,
A horseman's pistol an' Ferrara sword,
Baith wielded in the battles o' the Lord,
The tane a ball through Clavers' mare had driven,
The ither through a trooper's skull had cloven,

When Claverhouse, the persecutin' dog,
Fled frae the bluidy tulzie o' Drumclog.

But it wad tak a towmont an' a day
To chronicle ilk curiosity,
But this ye'll see, that Willie was a genius,
Frae whilk mishap, may Guid keep ilka ane o' us!

Will was nae great supporter o' the kirk—
Theology to him was dark as mirk.
The ministers, I've heard him aften tell,
Preach'd what they didna understan' themsel',
Sae firm the bands o' orthodoxy held them,
Nae won'er, to the kirk, folk gaed but seldom.
Gaun to the kirk, he said, like ither fashions,
Flattered ane's pride, an' gratified sic passions
As love o' admiration an' fine claes;
Like butterflees, unseen on rainy days,
The bits o' lassies gaed to sport their braws,
An' glower at ither through their bits o' gauze.

Some gaed, forsooth, because it was respectable,
Ithers to see the mountains o' Delectable;
Within kirk wa's religion was thocht less on,
Especially, if ane had a braw new dress on;
Some gaed an' swallowed a', be't sense or nonsense,
While some, nae doot, gaed there to ease their conscience.
By this ye'll see, though Willie was a genius,
His views o' sacred things were quite erroneous.

WILLIE IN DRINK.

But though a worshipper o' stocks and stanes,
Will aye rever'd the women-folks an' weans,
Treated the fair sex aye wi' due respect,
Even felt at times a pang for his neglect
O' hymeneal joys an' lassies bonnie,
Drap-ripe an' ready a' for matrimony.

An' though at hame a perfect anchorite,
In social joys he took supreme delight ;
Whene'er he met auld cronies at the toun,
Thocht nocht wi' them a hale nicht to sit doun,
An' to regale them, spend his last half-croun ;
Bouzing was then a universal passion,
Teetotalism hadna come in fashion.

Then, ower the bicker folk discussed the news,
Farmers drave bargains, paid their stents an' dues,
Coft corn an' fodder, selt their woo an' cheese,
Turnips, pataties, nowt, an' skeps o' bees ;
Wi' tailor Tam a coat couldna be trystit
Till owre the mutchkin stoup they first had spliced it ;
Nor could ane sell to butcher Rab a soo,
But owre the timm'er baith gat roarin' fou.

Even elders owre the business o' the kirk
Wad guzzlin' sit till past the hour o' mirk ;

In short, ye wadna fin' a single body
Wha thocht it wrang to get blin' fou wi' toddy;
Even wives an' lassies ca'd aboot the jorum,
No' for the drink, but jist to hae't afore them.
In doin' business, folk wad hardly trust ye
Unless ye arled them wi' yill or whisky.

An', Gude forgi'e me if the tale's untrue,
'Twas said the very ministers gat fou!
In them, it was a kin' o' inspiration
That cleared awa' the mists o' ordination,
Sae kenilt up their zeal, and gied them nerve,
Frae orthodoxy's rut they couldna swerve.

When drouthy customers get on their specs,
It's queer to watch the different effects
Whisky produces in baith man an' woman—
Whiles in the *last* a wee thocht unbecomin';—
In some, the tongue gets lowse—I've heard mysel'
Some rattle like the clapper o' a bell;
Ithers, again, hae scarce a word to say;
Wi' fervour, some fa' on their knees and pray.

Some owre their cups discuss theology,
Ithers, mair scientific, try phrenology,
An' show the situation o' ilk bump;
Ane swears he'll clear the table wi' a jump—
Oot o' his way, loud skirlin', rin the lassies,
When wi' a crash he lan's among the glasses.

Or the Angel o' Hame.

Some less impressive, like a seasoned cask,
Or brewer's kettle, sit a' night an' mask,
Their cargo in, they tummle owre asleep,
Syne lan' aneath the table in a heap.
On Willie Waugh, guid whisky or strong toddy
Sent a' his saul aglow throughout his body,
Lichtit his een, and kenilt up ilk feature—
In fact, it seem'd to change his very nature ;
When sober, nane mair laithfu' was than he ;
In drink, a very deil for mirth an' glee :

On ilk ane present made a lang oration,
Loudest his voice in sang an' recitation,
Like ony fuil, amang the lassies daffin,
Wi' his queer stories rackt their ribs wi' lauchin,
Danc'd wi' their mithers till they reek'd an' swat,
Wad mak a kickba' o' his Sunday hat,
Ca' for beefsteak, an' then, instead o' eatin',
Lean back upon his chair an' fa' a greetin',
Till wearit oot, at length, wi' sheer exertion,
Cam' sleep an' put an en' to the diversion.

But short-lived are the joys o' mortals here,
The whilk we aften buy a thocht owre dear ;
Auld Nature hauds her debtors like a vice,
An' winna fake ae farden o' the price;
They wha owre nicht rin doun Dame Folly's brae
Pay double toll when they come back niest day.

This truth experienced Will when mornin' brak',
His lips an' tongue wi' drouth jist like to crack ;
In bed he couldna lie, nor stan' nor sit ;
His bandaged broo wi' pain jist like to split ;
His brain gaun thumpin' like a smiddy hammer,
Black taeds an' serpents crawlin' through ilk cham'er ;
Nor wad he pree kail, taties, tea, or drammock,
For deil a thing wad lie upon his stammock.

Then by-an'-by some cronie wad come in,
An' straught to bother Willie wad begin·—
Draw frae his pouch, half-hiddlins, a bit flask,
His ain breath stinkin' like a whisky cask,
Raxt owre to Will, an' bid him tak a spell o't,
But Willie couldna even bide the smell o't ;
Yestreen he could hae drank jills by the hun'er,
But noo, the very thocht o't gart him scunner.

But a' his stammock sickness, an' his pyne,
Were nocht to what he suffer'd in his min' ;
A' he had said an' sang, in prose an' verse,
The nicht afore, his frien' wad noo rehearse,
Ilk freak o' madness, wi' sic gusto tell,
Whilk added fiercer fires to Willie's hell—
Till, jumpin' like a very fiend let loose,
His frien' wad be obleeged to leave the hoose.

Flowers, ferns, an' fossils, noo were a' negleckit,
He felt himsel' self-curst, self-disrespeckit ;

His birdie's notes seemed sad and melancholy,
Ilk object but remin't him o' his folly ;
A' things micht gang to wreck, he didna care,
Till, on the very brink o' black despair,
Then wad he vow, strong drink to taste nae mair.

Thus, conscience somewhat lichtened o' her load,
Willie, ance mair, wad tak' the uphill road ;
Flee till his loom, an' leather at the wark,
Leavin' his bed ilk mornin' wi' the lark,
Bang gaed the lay unceasin', nor gaed owre,
Till Luna in the east began to glowr ;
But ilk occasion when to drink he fell,
'Twas aye a week ere he cam' to himsel';
Sae, no' to deave ye wi' descriptive din,
We's tak' oor breath, an' syne oor tale begin.

WILLIE'S DREAM.

AE mornin' Willie's head was gowpin sair;
The day afore had been Kilwuddie fair,
An' like the lave—I ken nae ither reason—
Willie gat roarin' fou on the occasion.
When mid-day cam, nor meat nor drink he'd han'elt,
His very wee peat fire he hadna kenilt,
For life, an' its concerns, he didna care,
Save but to get a waught o' caller air.

Sae, steek'd his door, an' thrawed aboot the key
Wi' trummlin' han' an' sad, mistrustfu' e'e.
That day frae ilka soul, resolved to hide him—
Cronies in drink, niest day he ne'er cou'd bide them,
An' sae the better to be oot their ken,
He owre the knowe, an' doun to Aven's glen,
Cross'd at the ford clear Avon's crystal stream,
Haunts o' his youth, whaur mony a blissfu' dream
An' reverie his youthfu' fancy wove—
Visions o' future happiness an' love.

Sune frae the distance he could saftly hear
Kype's fa'in' waters, soothin' to his ear—
Lingered he by ilk rock an' shady wood,
To hear the cadence o' the roarin' flood,
Till through an openin' in the leafy shaw
Brak the white waters owre their rocky wa',

Willie Waugh, or the Angel o' Hame.

Dashin' in foamy madness, sparklin' bricht,
Into the boilin' caldron oot o' sicht,
Springin' frae rock to rock wi' mony a sten,
As if in haste to lea' the bonnie glen.

At ilka turn, the murmur o' the lin'
Stirred up sweet memories his soul within,
Till, wi' a firmer step, he reached the rill,
The whilk he crossed jist whaur M'Culloch's mill
Peeps frae a bosky neuk amang the rocks
Beside the pool that whirlin' boils an' bocks,
Deckin' wi' dewy pearls the leddy fern,
Ilk broomybush, sweetbreer, an' blaeberry birn.

There, on a mossy knowe, Will laid him doun,
Screened by the simmer leaves that danced abune,
Alike frae observation, sun an' win';
The while he listened to the soughin din
Borne upward frae the water an' the woods,
Abune him sail'd the snawy simmer cluds
Lea'in' between them bonnie specks o' blue
Like winnocks wide, to let the sunlicht through.

Thus, like a mither wi' a dawtit wean,
Kin' Nature did her best to soothe his pain,
Nor only owre his spirit breathed her balm,
Ilk nerve an' fibre felt the gratefu' calm—
Sang the wood minstrels 'mang the birken trees,
Humm'd their sweet sangs the hameward laden bees,

Blew thymy odours frae the rocky steep—
Nae won'er Willie gently fell asleep.

But though he sleep'd, his min' was scarce at ease,
Despite the melody o' birds an' bees;
For though he left his folly far behin',
His conscience yet reproved him for the sin;
E'en in his sleep, he felt her venomed dart,
An' on the brae gied mony a fearfu' start;
An' there he dreamt a dream that heavy lay
Upon his min' for mony a weary day.

He thocht a fossil-gatherin' he had gane
Owre hill an' dale, but could fa' in wi' nane,
Till ilka hoose an' tree gaed oot o' sicht,
An' mirk an' lowerin' fell the cloud o' nicht,
When borne upon the pinions o' the win'
There cam' an eerie sough.   Willie look'd behin',
When, lo! an awfu' shape cam' scourin' on;
Like lowin' coals, within their sockets shone
Its fiery een, while like a furnace glowed
Its flamin' throat, frae whilk in volumes row'd
Far dartin' flames o' sulphureous hue,—
Will to his feet, an' swift as lichtnin' flew.

Meanwhile, the demon fast cam' on behin',
An' sent his fearsome howl alang the win',
Till Willie's very saul wi' fear did quake,
His legs, that should hae ran, did nocht but shake;

His en' was come—a fearfu' en' nae doot !
His hair stood up, his face as white 's a clout,
He gee'd his head to note the comin' demon,
But saw instead the wale o' charming women,
At whilk the demon gi'ed a fearfu' wail,
An' on oor hero fairly turned his tail.

Will, in ae moment, clean forgat his fricht,
An' noo in raptures o' supreme delicht
Declar'd that heretofore his ravished een
Had never lichtit on sae fair a quean,—
Never, he said, had beauty sae uncommon
E'er been possessed by angel, far less woman !
Wad she but suffer him, a humble swain,
To be the meanest servant in her train ?

Mair Willie wad hae said, but as he gaz'd
On the fair vision, mair he grew amazed ;
Meanwhile, his fit o' rapturous adoration
Had changed to fell dismay and consternation,
For just as if the spirit o' the demon
Had tane possession o' this pearl o' women,
Gane was the licht o' her angelic nature,
While scowlin' hate hung black on ilka feature ;
Willie ance mair sprang lichtly to his heels
As if pursued by fifty thousan' deils ;

Again the demon yell cam' up the breeze,
Ance mair the currents o' his courage freeze,—

Owrecome at length, upon the bent he fa's,
Before the monster's wide extended jaws !
Jist then upon the ebon broo o' nicht
A bonnie star shed forth its holy licht
Brichter an' brichter, swift to earth descendin',
A thousan' splendours in its pathway blendin'.

Backward the demon flew in full retreat,
On Willie's ear a voice fell saft an' sweet,—
Twa flashin' wings leem'd through the murky air,
An' lo ! before him stood an' angel fair—
Her look mair calm than simmer licht at even,
Her blue een safter than the blue o' heaven,
Her saul sae glowin' fu' o' love divine,
Ilk feature o' her face wi' licht did shine.

"Stay, erring mortal ! thou hast wander'd far
From virtue's shining path ; from yonder star,
To succour thee, at Heaven's behest, I come,
To lead thy spirit to its blissful home—
Thy soul to rescue from its demon foe,
Who fain would plunge it down to endless woe !"
Thus said, she sweetly took him by the han',
An' wi' her ither pointed to the dawn.
Jist then, a voice like ony trumpet clear,
In tones familiar fell upon his ear,
Wi' whilk he wauken'd an' astonish'd sees,
Laigh bendin' owre him, Mysie Merrilees !

MYSIE MERRILEES.

Noo, Mysie was a trig an strappin' quean
As ever skelpit barefit on the green,
Though yont her thretty, hadna tint her bloom,
'Bout men an' marriage seldom fash'd her thoum.
Auld cankert Age, wha plucks the blushin' roses
Frae maidens' cheeks the while he shilps their noses—
Leaves spitefu' crawtaes roun' their bonnie een,
While, shot about, white hairs an' black are seen.

Auld age, I'm blythe to say, had spared sweet Mysie,
An' left her bloomin' fresh as ony daisy ;
Yet, at her age, by some it is alloo'd,
Women, like fruit, owre lang o' bein' pu'd,
Tine a' their youthfu' sweetness an' grow sour,
Flee to religion to effect a cure ;
Yet, strange to tell ! an' ye may think it funny,
The only remedy is matrimony.

Yet Mysie led a cheery single life.
Was she to blame that she wasna a wife?
To rule a man, nae doot, is woman's mission,
But men are no just gotten for the wishin' ;
At kirk or market, nane gaed half sae braw,
Her waist, like ony wasp's, as jimp an' sma' ;
In ilk new fashion Mysie took the lead,
For nane, like her, could cast their tails abreed.

Nae won'er younger lassies couldna bear her,
But spat like taids whenever they cam' near her.
Sic spitefu' lees they tell't about the lassie,
Hoo she was prood, ill-natured, vain, an' saucy!
Spent a' she won on dress, she was sae nice!
Nae won'er men wad hardly spier her price!
Yet, ne'er a bit, she was a througawn worker,
Could fork a stack wi' servan' man or daurker:

The weary winter lang, sat at her wheel—
Sic fanks o' yarn cam' linkin' aff her reel;
Hale wabs o' drugget, blanketin', or linen,
Were aye the fruits o' Mysie's winter spinnin',
For whilk she drew baith poun's an' shillin's mony,
That made her independent aye o' ony.

" Preserve us a'!"—quo Mysie, wi' a smile
Saft dimplin' owre her rosy cheeks the while—
"Say, Willie dear! has onything gane wrang?
I saw ye streekit as I cam' alang;
I kent it was yersel' withoot a doot,
But, O! yer face was like a very clout:
My legs began to shake wi' very dread—
For, dearsake, lad! I trow'd ye micht be dead.

Yer scarce yersel' yet! Losh, man! dinna glowr
As if I were some warlock,—fye! gae owre!
Jump to yer feet! Weel dune! noo tak' my arm,
The dews o' nicht may dae ye mickle harm;

Or the Angel o' Hame.

That ice-cauld han' bodes ye nae little skaith,
A bed sae cauld's eneuch to be yer death !

An' noo, that ye're ance mair upon yer feet,
I'se wad a groat ye haena tasted meat
Since ye raise frae yer bed at early morn ;
No e'en a horse could leeve withoot his corn,
Sae come yer wa's oot owre the knowe wi' me
To my bit hoose, an' drink ae cup o' tea,
Yer cumert han's at my bit ingle beek,
'Twill bring the glow o' health back to yer cheek."

Will's tongue was busy framin' an' excuse,
Yet in his heart could hardly weel refuse
An' invitation thus sae cordial gi'en,
Nor only wi' her lips, but wi' her een;
He felt the force o' sympathy sincere,
An' hardly could repress the gratefu' tear,
Sae thanked her kindly, what less could he dae ?
Syne couthiely they dan'ert owre the brae.

"Nae thanks !" quo Mysie, "I but cam' by chance,
Or aiblins, I was sent by Providence ; "
For still the fearfu' thocht ran in her heid,
That but for her oor wabster micht been deid.
"But, what the sorrow ! Willie, brocht ye there ?
Ye'll hae been misbehavin' at the fair ?
'Tweel, drink's a plague ! I red ye, Will, beware !

Or some day hence—to say't, Gude kens I'm laith—
'Twill be yer ruin, or what's waur, yer death !

" I won'er aft what gars guid men o' sense,
Sic as yersel', possessed o' lear an' mense,
Sit doun an' guzzle till a' hours o' e'en,
Till wit, guid sense, an' reason, lea' them clean.
They say a glass or twa o' yill or whisky
Kenils the saul, an' mak's a body frisky,
Mak's auld folk young, the young to feel mair youthy,
Yet a' the while they drink, they grow mair drouthy,
Till, by-and-by, ilk ane o' them gets fou',
An' then their beastly ways wad staw a soo !
Believe me, Will, the drink that slakes no thirst
Is in its nature deevilish an' accurst !

But here's the hoose, bricht lowes the ingle flame ;
Yer welcome, Willie, to my humble hame,
Come ben an' rest ye frae the cauld nicht air,
Set doun yer hat, draw in the muckle chair,
Birsle yer taes, I'll hing the kettle on,
Syne, in a crack, set doun baith cake an' scone,
An' hae the tea weel maskit in a crack,—
But say, what kin' o' kitchen will ye tak?
Cheese, eggs, or ham ? they're a' alike at han' "—
" Whate'er ye like," quo Will, " but un'erstan',
Dear Mysie, lass, I maunna tarry here,
Gossips, ye ken, wad think it rather queer.

" Wha kens but even noo, some pryin' e'en
Are glowrin' at us through the window screen!
The glaiket jauds wad tell wi' kecklin' lauch,
Hoo Mysie Merrilees an' Willie Waugh—
Deil burn their tongues—the rest I needna tell."
("Let lauch wha win," thocht Mysie to hersel'.)
"Snuff peats!" quo Mysie, "let the bodies blether,
A gossip's tongue, ye ken, is ill to tether;
They wha dae ill are aye the first to blame—
A conscience clear, has nae cause to think shame!"

But, hark! the kettle-lid begins to clatter,
Syne Mysie rins to pour the scaddin' water
Amang the fragrant leaves, wi' tricklin' din,
While like the scent o' meadow hay new win,
Volume on volume, steamin' odours rise
Like incense frae a costly sacrifice;
But no' to let sic precious treasures waste
Mysie claps on the lid wi' mickle haste,
Syne, wi' a plug o' paper staps the spout
To keep the virtue in, an' spunks keep oot.

Meanwhile, the gratefu' skirl o' savoury ham
Fa's on the ear, while pats o' groset jam—
Scones, cakes, an' butter, heaped on coverin' clean,
Like glamour, tak' possession o' his een;
Forbye, a kebbock like a crescent mune
Gart Willie's teeth wi' very water rin.
Sae mony preparations whet his hunger
To sic degree, he scarce could bide it langer.

" Han' owre yer cup," quo Mysie, through the steam ;
" D'ye like it sweet ?   Will, saw ye e'er sic ream ?
Nane o' yer whey an' whitnin', tent ye lad !
But ream that lea's the pourie wi' a daud,
Sinks to the very bottom o' yer cup,
Syne, like a siller cloud, comes rowin' up ! "

But sic a glow in Willie's face did shaw
When Mysie nodded him to say awa' ;
Willie let on he didna un'erstan' her—
Look'd a' the worl' as if his wits did wan'er.
The chiel had been sae used to pick his lane,
His thanks the form o' words had seldom ta'en.
No that to Providence he was ungratefu',
But that formalities to him were hatefu',
Nae doot, at schuil, he learned to repeat
The grace before, as weel as after, meat
Oot o' the question-book, forbye the creed,
At saying whilk, 'boon a', he took the lead.
Noo, when addressin' Heaven, he deemed it best
The heart's desire in thocht should be express'd,
But no to keep his hostess langer waitin',
Will stammer'd oot a word or twa a' sweatin',
An' gat at last the length to say " Amen ! "
Yet to himsel' vow'd ne'er to try't again.

Save this bit incident, a wee thocht awkward,
Experienc'd aft by folk that's blate an' backward,

Mysie's tea hanlin' was a great success,
An' Willie Waugh's enjoyment o't nae less ;
Will pree'd ilk eatable, while Mysie press'd,
She couldna eat for tendin' o' her guest ;
Her aim, her only thocht, was to impart
Love's kindred glow to Willie's cauldrife heart.

Oh that sly Cupid wad but sen' an arrow
Tipt wi' love's venom, to the very marrow !
Ah ! hapless Willie ! Willie Waugh, beware !
Lest Mysie's wiles thy guileless heart ensnare—
Sic tea, sic ham, sic butter, an' sic bread,
Micht gar a king in love fa' owre the head.

Love's " shafts flee thick ;"—but, ah ! my muse, tak' care
Lest critics say yer stealin' scraps frae Blair.
Love's shafts flee thick, especially owre guid tea.
O ! precious " cup that cheers," what but for thee
Wad mortals dae ? Hoo could they carry on
Love's deadly game, whaur hearts are lost an' won !
Through thy sweet haze hoo mony sighs are wafted !
While mony tender buds o' hope are grafted.
Across thy stream, hoo mony tender glances
Dart wi' the deadly aim o' polished lances !

Kyte fou o' comfort, Willie wasna slow
Wi' gallant speech his gratitude to show,
But Mysie read his heart mair by his look
Wi' her gleg een, as 'twere a prentit book ;

4

But what convinc'd an' set her min' at ease
Was something magic in the partin' squeeze
O' Willie's han', that dirl'd up her arm,
Drivin' the red bluid frae her bosom warm
Straucht to her cheeks, wi' bonnie crimson blush,
While streams o' pleasure through her saul did gush.

Mysie, puir thing, in her simplicity,
Kent nocht o' magnetism, or electricity.
Sic hicht an' depth has science noo attain'd,
Even mysteries o' the heart can be explained!
" Fareweel," quo Mysie, wi' her sweetest smile,
" It's like I winna see ye for a while?—
Some ither day when ye fa' on the drink?."
" Aiblins," quo Willie, " sooner than ye think! "

An' sae they parted, after Mysie weel
Had warned him to keep aff the Spunkie's fiel',
The Kelpie's-ford, the Carder's haunted yard,
The rock whaur Sawnie Shaw on aith declar'd
He gat a drive frae mankind's clooty foe .
That sent him sprawlin' to the burn below—
In short, to shun a' dangers an' mishaps,
Nor miss his fit gaun owre the Aven staps.

Will scorn'd sic freets, an' took the road as bauld
As ony muirlan' cowt o' four year auld,
But gradually his step relaxed its spring,
His thochts were soarin' high on fancy's wing

To regions they had ne'er travers'd before,
The heav'n o' Matrimonia to explore. ·
It seem'd to him to be a pleasant sicht,
For aft he smil'd, as through the cloud o' nicht
He ploddin' took his lanely, darksome road,
Until he reached, at length, his ain abode.

There owre a fossil rung he nearly fell,
Whilk quickly brocht the dreamer to himsel',
Open'd his door, an' like a ghaist gaed ben,
An stood ance mair upon his ain fire-en'.
His ain fire-en'! alas! withoot a fire;
His bed no' made, an' tousy as a byre,
He turned his thochtfu' e'e frae neuk to neuk,
But ilka object wore an eerie look;
A dull, deserted hame, and oh, hoo cauld!
In ae short day the worl' had grown auld.

He cuist himsel' into the muckle chair,
Pondered an' thocht, syne thocht and pondered mair.
"Lord, what is man?" quo Will, "or what is life?
But, mair especially, man withoot a wife?
A hermit tethered to an Arctic isle,
His hame an' heart unsunned by woman's smile!
Whaur were my wits? what use to me my een,
That woman's worth till noo was never seen?

Women an' men were made for ane anither,
When Nature made the tane she made the ither;

Apart, they grow unwholesome an' unsweet—
United, they are rounded, ripe, complete !
A bachelor's life, they say, has less o' care,
Mair independent, has mair cash to spare ;
The first he may be, but for cash, I doot it ;
While, as for care, I ken owre weel aboot it.

Owre lang, I feel, I've sojourned here my lane,
Wi' nocht' to look at but a flower or stane ;
But that reminds me o' my bit collection—
Wad Mysie tak' them under her protection ?
The deil a ane o' them I'd like to tine.
If no for their ain sake, at least for mine,
She wadna hae the heart to fling them oot,
Although a thrifty, scourin' quean, nae doot.

But women, when a cleanin' fit comes owre them,
Wi' ruthless han's aye harl a' afore them ;
But they wha will to Cupar maun jist gang,
I'll try my luck, an' that ere it be lang—
Though 'tweel, the news will raise an unco clatter,
An' keep for days the gossips in het water ;
But richt or wrang, my han' is fairly in
The luckie bag o' life, come loss, come win !"

Thus reachin', as *he* thocht, a sage conclusion—
Puir chiel ! he didna see his deep delusion !—
The Tiger's whalp had fairly tasted bluid,
Noo he maun wallow in't, by a' that's guid !

Noo, owre his brain saft sleep began to steal,
Sae laid him doun, an' hap't his shouthers weel,
But though he slept, lang doun he hadna lain
Till blissfu' visions hovered owre his brain—
Cam' Mysie, wi' her smile an' pawky e'e,
Lips wat wi' honey, breath like fragrant tea,
While floatin' on the current o' his dream
Cam' jam an' jelly, butter, scones, an' cream.

Mysie, meanwhile, for twa hours, at the least,
Ne'er closed an e'e ; alternate in her breast
Reigned hope an' fear, but hope soon gained the day,
An' owre her spirit shone wi' healin' ray,
Cam' gentle slumber to her aid at last,
While to the lan' o' dreams her spirit passed.

I've either seen't in books, or heard folk tell—
I like the thocht, an' half believe't mysel'—
That kindred spirits, while their bodies sleep,
The mortal barriers o' flesh owreleap ;
Flee myriads o' miles on pinions fleet,
To spen' a blink in love's communion sweet.
O blissfu' thocht ! nae lover should mak' licht o't ;
If true, our lovin' pair sure had a nicht o't,
But dreams, like ither pleasures, hae their drawbacks,
When mornin' comes, they melt like April snaw tracks
Before the piercin' gaze o' stern reality,
Their greatest want, the want o' rationality.

WILLIE'S WOOIN'.

Ance mair the gladsome e'e o' ruddy morn
Shone lovingly on dewy grass an' corn,
Saw Mysie up, an' flingin' to her hens
Moolins o' cake, an' ither odds an' en's,
The denty crum's o' last nicht's supper left—
For half, at least, o' Mysie's creed was thrift.

Wow ! but the sun has gleg an' glowrin' een !
Were he, like kintra wives, to clashin' gi'en,
What denty bits o' scandal could he tell
'Bout lazy lie-abeds (aiblins, mysel' !)
O' wives that lie a stechin' i' their beds
Till their guidmen come hame, like hungry gleds,
At nine o'clock, the parritch no lang on,
Richt glad to get a rive o' cake or scone.
They trintle aff again untae the wark,
For eat or no eat, they maun dae their daurk.

Still sadder sicht, big dochters by the score
Till breakfast-time lie in their beds an' snore,
While thrifty mithers rise an' snod the hoose,
They hap their lazy sides an' tak' their snooze.
A dounricht shame ! but shame frae sic has fled.
Na, some e'en sup their parritch i' their bed !
Yestreen beheld them flouncin' in their gauze,
Noo, in their creeshie mutches liker craws !

The sun through Willie's window tried to keek,
But couldna for thick clouds o' swirlin' reek;
For Willie had been up amaist' an hour,
Kenilt his fire, an' soopit in the stour,
Fill't up his spools, whilk owre lang had lain toom,
Hung on the parritch, syne lap on the loom;
Bang gaed the lay, while clatter gaed the treddles,
Till thread an' thrum were dancin' in the heddles.

Willie, the while, like ony lintie sang,   .
But yet, for a', the day seemed wondrous lang.
At length the shades o' eve began to fa',
When Willie flung his shuttles to the wa',
Put on a linen sark, had lain for weeks,
His coat wi' swallow tails and Sunday breeks,
'Bune a', his guid grey plaid o' hamely pirnie,
Syne startit on his matrimonial journey.

The sun had left the worl' to care o' nicht,
Fainter an' fainter grew the gloamin' licht,
The crimson glow was deein' in the west,
A' nature saftly sank to blissfu' rest,
A' soun's were hushed, save on the distant hill,
The bleat o' lambs, an' wail o' lapwing shrill,
The burnie, singin' owre its pebbly bed
Its hymn o' thanks for pearly blessings shed
Frae mony a flowret bendin' owre its wave,
Whose tender roots the gratefu' waters lave,
While viewless, risin' like a voiceless prayer,
Their odorous breath perfume the fields o' air.

On bush an' brake wee birds nae langer sing,
But hap their yorlings wi' the downy wing;
The kye nae langer crap the grassy swaird,
But patient stan' at peat, stack-en', or yard,
Langin' to yield the treasures o' the day,
Gathered on clover lea, an' gowan brae;
Nicht's dusky robe assumes a deeper hue,
Belyve, the distant stars come glimmerin' through;
Syne like a new-wash'd face the siller mune
Shines through the rack o' fleecy clouds abune;
In short, jist sic a nicht as weel micht move
The cauldest heart to harmony an' love.

But o' the charms o' nature Will saw nocht,
His love affairs engrossed his every thocht,
As slowly wendin' owre the Newton Brae,
Arranged ilk honied word he meant to say;
Stealin' through bye-roads an' forbidden slaps,
He reached the Aven an' made for the staps,
The whilk he crossed, an' reached the shady glen
Jist as Kilwuddie bell was ringin' ten.

Kype's waters rowin' owre the rocky lin,
Like molten siller shone aneath the mune;
But a' sic sichts an' soun's were thrown awa',
For feint an e'e or lug had Will ava;
He sat him doun beside the drinkin' spout,
An' solemn to himsel' sic questions put,
As "Wad she be in bed?"—"Wad he be seen
By ony curs'd intruder's pryin' een?"

When by the moonlicht glimmerin' through the trees,
Approachin' him a human form he sees !
Whether to rin, or hide, he couldna tell,
Willie looked up, an' wha but May hersel'
Drew near the well, wi' something in her han'
That in the moonlicht seem'd a water-can.

Will's senses clean gaed frae him ; hoo to act,
Or what to say, in vain his brain did rack ;
Hoo to begin wi' ane sae mim an' douce
As Mysie Merrilees—ten times mair crouse,
Mair heart-courageous Willie wad hae been
Had she been some daft gawky o' fifteen ;
He micht hae gript her fast, an' gart her squeel,
Syne pree'd her mou' to prove he was nae deil.

Owre late, he saw he hadna time to hide,
For Mysie's e'e had caught the pirnie plaid,
An' lang ere Willie's tongue fand words to speak
Mysie sprang backwards wi' a smothered shriek.
Willie jamp up, exclaimin', "Mysie, dear !
I hardly thocht this nicht to meet thee here ;
But noo that 'tis yoursel', I'm mair than glad—
I feared, by this, ye micht hae been in bed."

"An' though I had ?" quo Mysie ; "but, dear me !
I've gotten a fricht, nor did I think to see
A body sittin' there sae late at e'en ;
But, dear sake ! Willie, lad ! whaur ha'e ye been ?—

But 'tweel sic questions ye may ask mysel',
For whiles I tak' a dauner to the well
To fill my can, an' get a waucht o' air
In simmer, when the nichts are lown an' fair.
But, hark ! I hear a fit, sae I maun rin !
Some gossip frae the clachan owre behin'."
" Hoot no," quo Willie, " rather let us hide !
See here ! I'll row ye in my pirnie plaid."

Frae pryin' een sae eager to be hidden,
Mysie ne'er waited for a second biddin',
Sae, cosily he hapt it roun' her breast,
His ither arm firm claspit roun' her waist ;
Wi' tremulous haste, his bosom fairly pantin',
He gently led her deeper in the plantin',
There, breathless, waited till the fit gaed past,
While to his beatin' heart he held her fast.
" It's Rab !" quo Mysie, " Robin o' the mill !
But, guidsake ! hoo ye squeeze a body, Will !"

Yet, a' the while, she didna shaw a trace
O' sour displeasure on her bonnie face,
But look'd on him sae lovin'ly, an' smiled,
Till Willie's rapture nearly drave him wild.
Love lowed within his bosom like a coal,
The whilk to hide he couldna langer thole ;
In husky whisper fell upon his ear—
"Sweet, darlin' Mysie ! Mysie ever dear !

I fain wad tell thee, noo that we're oorsel',
Hoo weel I loe thee, mair than tongue can tell!
Sae strong the tie that draws thee to my heart,
On earth nae man nor mortal shall us part!
To leeve my lane nae langer can I bide,
Say, Mysie, dearest! wilt thou be my bride?"

Mysie made nae reply, in words at least,
But aye she cuddled closer to his breast,
He understood the sign, in rapture kiss'd her
Lips, cheeks, an' een, an' for an angel blest her!
An' wha could blame him at a time like this,
To arle love's sweetest bargain wi' a kiss?

Fain, dearest reader, wad I tell ye mair,
But canna—for, in fact, I wasna there!
I wish I had, jist oot o' curiosity,
I wad hae risk'd their lastin' animosity.
Ilk kiss an' cuddle I'd hae taen a note o',
Nor miss'd o' their sweet converse ae ioto.

This much I ken, it was proposed an' carried
That in the comin' month they should be married,
Nor only set the time an' place to marry,
But doucely settled ilk preliminary!
The minister, the cries, the waddin' braws—
In whilk they maun conform to custom's laws—
Set aff to Glasca toun some mornin' early,
Tho' Willie's purse it could afford but sparely.

'Twas likewise planned that while they were awa'
Her sister Meg, wha served wi' Robin Law,
A wealthy laird wha cam frae yont the border,
Should clean the hoose, an' set a' things in order.
Thus, a' things settled, Willie saw her hame,
But at what hour, to tell, I maist think shame !

Red glowed the east, while chanticleer's shrill horn
Wi' startlin' soun' proclaimed the dawn o' morn.
Will's dawnin' future shone wi' promise glorious,
Nae wooer wicht could hae been mair victorious.

THE BUYING O' THE BRAWS.

Noo, jist as Will and Mysie had foreseen,
The clachan folks had hardly ope'd their een
Till swift frae door to door the story gaed,
Hoo Mysie Merrilees, the douce auld maid,
Had, wi' some fallow mair than ance been seen
A courtin'; while the nicht afore yestreen
By somebody's gleg een he had been traced
To Mysie's door, whilk had been closed in haste
As soon as he gat in, wi' her nae doot
Had spent the nicht, for nane saw him come oot;
Ane, jist for fun, had through the window keekit,
When in her face the window broad was steekit.
Was this the upshot o' her pridefu' airs?
Attendin' kirks, an' rinnin' doun the fairs?
Wi' face as lang! but murder winna hide!
They're sure to fa' wha hae sae mickle pride!
They ne'er could see hoo she could gang sae braw;
It wasna her ain wark that paid for't a'.

Ah! lassies, ye should thankfu' be always
Ye werena born in sic degenerate days;
Dark days o' sessions, an' o' cuttie stools,
When lads an' lassies made themsel's sic fuils—
The days o' stumpit coats an' lingle tails,
That e'en to think o' noo ilk lassie quails.

Sae weel their tongues did wag, sae gleg to hear,
Ilk gossip poured it in her neibor's ear,
Within a crack it reached Kilwuddie toun,
Syne on its travels gaed the kintra roun'.
Like simmer fields lang wantin' nichtly dews,
For weeks they had been quite bereft o' news;
No e'en an idle wife could raise a clash,
Wi' whilk some puir unfortunate to lash;
They tried their han', but failed, wi' Mary Dodson,
Sae Mysie's fa' was reckoned quite a godsen'.

Mysie ne'er fashed her head for a' their din,
Her owreword aye was, "Let them lauch wha win;"
But when on Sabbath day they heard the cries,
The folk were clean dumfounert wi' surprise.
Thrice in ae day were Will an' May proclaimed,
Ilk gossip's wrath was ten times mair inflamed.
What richt had they to keep the thing sae quate?
Nae doot, they werena young! an' aiblins blate!
E'en in the very kirk folk whispered ither—
"The hizzie's auld eneuch to be his mither!"
Jist perfect spite, for that was a' a lee,
Their ages werena jist sae far aglee.

On Monday morn, 'mid juvenile huzzas,
Oor happy pair set aff to buy the braws;
They took the coach, for yet the railway train
Existed but in Geordie Ste'enson's brain.

Or the Angel o' Hame.

Smilin', they sat fu' cozy side by side,
For ne'er were happier bridegroom an' bride.
Owre hill an' dale the coach gaed screevin' fast,
Will noddin' gaily to ilk ane they passed,
His nod, his look, alike appeared to say,
"Behold in me a bridegroom blest this day,
While here beside me sits the bonnie she,
My bride elect, an' wife wha is to be!"

The mornin' star his watch-tower had forsaken,
Aurora frae her locks the dews had shaken,
Birds sweetly sang, the winds were saftly blawin',
Lads strippit to the sark were busy mawin',
Ilk dewy flow'ret seemed to bend its heid
As if to wish the happy pair guid speed.
Ane maist wad thocht it was a freak o' nature's
To show her sympathy wi' mortal creatures.
Ye'll aiblins think this a poetic flicht,
But lovers a' will say I'm in the richt.

Noo, dashin' roun' the hip o' Cathkin Brae,
Below them auld Sanct Mungo's City lay.
Amazement Mysie's ilka sense owrecomes:
"Losh, sic a host o' steeples, towers, an' lums!"
Unless she'd seen't she wadna hae believed it,
No, though on Bible aith she had received it!
Nor twa-three biggins, like a kintra toun,
But far as e'e could reach, a' roun' an' roun',
Hale miles o' hooses thick as grosets lay,
She won'ert maist whaur a' the stanes cam' frae!

An' then, the lums sent up sic clouds o' reek,
She won'ert folk could leeve amang the smeek !
An' truly, when a kintra wench or yochil
Doun to the City for the first time hochil,
Nae won'er they're confoundit wi' amaze,
Ilk thing's a ferlie, at whilk they maun gaze,
While they exclaim wi' gapin' mouth an' een,
" Gude guide us a' ! was e'er the like o't seen ?"

Wi' reekin' hides, at length the weary cattle
The coach alang the Gallowgate did rattle,
But Mysie, aye the far'er they gaed in,
The mair she grew dumfounert wi' the din ;
Sic onward rushin', crushin', an' commotion
Amang the billows o' that human ocean,
Coachmen an' carters yellin', rubbin' wheels,
Mysie was forced to smother twa-three squeels.

At length set doun fornent the auld Tontine,
Whaur 'bune the arches glowr'd sic awfu' een,
A raw o' fiendish faces cut in stane,
A' thrawn an' drawn as if endurin' pain.
" Hech, sirs !" quo May, " an' this is Glasca' Cors !
An' there's King William mountit on his horse !
Wha, as I've heard my grannie aften tell,
As sune's he hears play clink the twa-hour bell,
Staps lichtly doun an' bauldly ca's for dinner ;
Can sic be true ?" Quo Will, I wadna won'er."

Hech, sirs ! the time wad fail to tell ye a'
The uncos an' the orras Mysie saw,
At ilk shop window she wad stan' an' glowr,
Till Glasca' bodies nearly dang her owre,
For women's een are ill to satisfy,
An' like the grave, their greed to gratify.
"Come on," quo Will. Quo Mysie, "Wait a thocht,
Aye look at a' ye see, it costs ye nocht ;"
Till wi' her panerin' Will grew fairly nettled,
As soon grew pleased, he saw she didna ettl't.

Soon Willie, wha'd grown yaupish, gladly spies
Braid starin' on a sign, "Het Mutton Pies,"
Sae in they gaed o' meat to get a mouthfu',
An' jist for fashion's sake, *a wee bit toothfu'.*
No' that for whisky Mysie cared the least,
"But jist," she said, "to gar the meat disjeest."

There cosily they ate an' drank thegither,
Finished their dram, an' syne ca'd in anither.
Nae won'er when ance mair they reached the street
Will stood twa inches heicher on his feet;
Held up his head, like ony lord as saucy,
As arm in arm they cleeked alang the causey ;
Mysie's blythe een did mair than ornar twinkle,
On a' her face ye wadna seen a wrinkle.

At length they halted at M'Gow an' Gibbon's,
Whaur Mysie bocht sic fanks o' lace and ribbons,

5

A mausey satin gown, an' tuscan bonnet,
Wi' flowers an' ither faldarals upon it,
Gloves, slippers, chemisettes, an' fancy veils,
Ruffs, cuffs, an' collars, petticoats an' tails,
Gimp, gauze, an' muslin—gudeness kens what mair,
Ye'd thocht she'd had a fortune for to wair !

At length, weel pleased to think she'd gotten a'
She'd min' o', on the counter in a raw
Her purchases a spectacle displayed ;
But first the draper's bill has to be paid.
Into her pouch May deftly slid her han',
Through ilka corner o't her fingers ran,
Her face grew red, syne white as ony clout,
The while she turned her pouch the inside oot,
Wi' death-like stare she cried, " Preserve us a' !
My purse, an' a' that's in't is clean awa' !"

This put them baith into an unco fluster—
Will's cash was short, the shopman wadna trust her ;
" Dear May," quo Will, " ne'er pit it in their thank,
Bide there a wee, till I rin to the bank."
Sae aff he ran as fast as he could pell,
No' to the bank, but to auld Saunders Bell,
A quaint auld carl, weel kent by ilka body,
For years had been the carrier to Kilwuddie.

To him, in private, Will explained the case,
Whilk brocht a smile into his sober face,

Shook his auld pow, an' said, "The Glasca' keelies
Are far owre gleg for us puir kintra chielies.
Yer siller, Will, keep in your oxter pouch aye,
For keelie fingers are as lithe's cahouchie."
Syne frae his pocket-book auld Saunders countit
Baith notes an' siller, mair than Willie wantit,
For whilk Will gied him mony hearty thanks.
Sic frien's-in-need are better far than banks.

Will's siller safe, swift to the road he hied
To the relief o' his imprisoned bride ;
Wi' breathless haste, an' haffets wat wi' sweat,
He scoured alang, till he gat to the street,
Syne stopt to wipe his broo—unhappy wicht !
"Whaur is the shop ?   'Twas surely on the richt !"
Misfortune seemed that day to be his lot,
Baith name an' number he had clean forgot.

Wi' ruefu' face he wan'ert up an' doun,
Read ilka sign to bring his memory roun',
Look'd in at ilka door, through winnocks glintit,
Till counterloupers thocht he was dementit.
Wi' joy at length he read, " M'Gow & Gibbon's,"
He kent the window by its gaudy ribbons.

Swift as a bird into the shop he flew,
Puir Mysie sat wi' heart maist at her mou',
Anither dreg wad hae owrerun the cup,
But a' was richt noo Willie had cast up.

The cash paid doun, the shopman in a crack
Made up a bundle like an or'nar pack,
The whilk the warehoose porter, wi' a hotch,
Gat on his back, an' bure aff to the coach.

Nae charms for Mysie had the windows noo
Calamity's dark cloud was on her broo;
In dolefu' strains, to Will bewailed her loss,
Till, by an' by, they landed at the Cross—
Saw·by the clock 'twas near the hour o' startin',
The coach was a' but ready for departin';
Scarce could get seats, there was sae little room,
Ilk place was crammed wi' fodder for the loom;
Heddles, an' reeds, wabs, wheep, an' cotton waft,
The coach was heapit like a stable laft—
For in thae days, a guid trade was the weavin',
Though at it noo folk scarce can get a leevin'.

"O wae betide this day! Whaur was my een?"
Quo Mysie, "O, I wish I'd never seen
This Glasca' toun! Gin I had but the thieves,
I'd let them fin' the wecht o' my twa nieves."
Ah, Mysie lass, that ser's ye for yer glowrin',
Wi' greedy een sae mony things devourin'.
Ah! draper loons, 'twas ye that laid the snare,
Like Satan, a' yer wark's to tempt the fair.
Ah! Barleycorn—nae less the deevil's wean—
Ye help'd to mystify puir Mysie's brain!

Weel hae I named ye auld Kilwuddie's curse :
Ye steal the wits as well as cleek the purse !

Will did his best to mollify an' soothe her,
By slow degrees beheld her broo grow smoother,
While generously he bade her never fash,
The thing was dune, he'd never seek the cash !
Sic words on Mysie acted like a spell,
For in a crack she was ance mair hersel'.
Ance mair he simmered in her bonnie smiles—
Ah ! siller, siller ! powerfu' are thy wiles !
Nae ither word the ear sae quick can charm,
Cauld is the heart that siller winna warm,
Strong is the faith that siller winna try,
Rare is the friendship siller winna buy.

THE BESOM O' DESTRUCTION.

Ae mercifu' provision in our nature,—
Until it comes we dinna see the future;
Tho', as Tam Campbell says—wha made the best o't—
"Comin' events"—I needna quote the rest o't.
But nae sic shadows darkened Will's horizon,
Though that they didna is the mair surprisin'.

That morn he sure was taivert in his min'
To leave his house in charge o' womankin',
To wield the fatal besom o' destruction,
And 'mang his fossil wealth raise sic a ruction,
Oh, had it been sic vermin o' foul feeders,
As sclaiters, clokes, bugs, flaes, or crawlin' speeders—
Wi' whilk owre lang he had been sairly pested,
Yet couldna think their haunts should be molested—
To this, at least, he wad ha'en nae objection;
But—to annihilate his bit collection!

As when lang syne the fierce an' fiery Knox
Cam' wi' the besom o' the orthodox
To sweep awa' ilk Popish rag an' relict,
An' clear the road for them he ca'd the elect,—
"Pu' doun their nests," quo John, "no, e'en the wa's
For shelter lea' the Pope's black hoody craws;
Ding doun the abbeys, 'tis the Lord's comman',
Nor let ae stane upon anither stan'!"

Thus Maggie, in the name o' cleanliness,
(Whilk is, they say, " akin to godliness,")
Pursued wi' zeal her household reformation—
To mak' an en' was her determination.

O women ! ye hae little in yer nappers,
Or else but seldom ye wad try sic capers.
I ken a poet—if I daur'd but tell ye—
What screeds o' poetry beyond a' value,
Ideas fit to build an epic glorious,
The wark o' mony days an' nichts laborious,
Are whiskit aff his dask, an' nae mair seen,
Ilk day his better-half begins to clean ;
Productions micht hae brocht him cash an' fame,
While future generations blest his name !

Nae doot, there's comfort aye in bein' clean,
An' wives tak' pride in makin' hame look bien ;
Na, some enthusiasts will tell ye even,
A weel scour'd hame the maist resembles heaven !
It may be sae ! but while oor sauls ye worry,
Ye mak' the road till't straught through purgatory !

But " ignorance is bliss !"—they were sae cheerie,
The road, tho' lang, was neither dreich nor weary.
At length, the e'enin' sun, wi' smile sae ruddy,
Shone on the auld grey castle o' Kilwuddie.
Arrived ance mair within their native toun,
At the Sun Inn they safely were set doun!

Whaur smilin' faces gied them frien'ly greetin',
An' wad hae them gae in to get a weetin';
Fain Willie wad, but Mysie said she wadna,
Her bundle frae the coachman gat she hadna—
First to her mantu'maker, Shusie Graham,
She had to gang, syne tak' the road for hame.

" E'en as ye like," quo Will, " I canna hin'er,
But as ye haena gotten e'en yer dinner,
I think ye'd best come up the gait wi' me—
There rest a blink, an' get a cup o' tea;"
Hardly could May refuse—sae, wi' a smirk sweet,
They, arm in arm, gaed linkin' up the Kirk street,
On a' they'd seen alang the road commentit,
Till through the trees Will's wee bit winnock glintit;
Through lozens clean the cheerie licht cam' streamin',
By whilk May kent her sister had been cleanin'.

Hoo Willie glowr't, as sune's he stappit ben!
His hoose an' its contents he didna ken,
His household gods had either changed their faces,
Or ithers had been put into their places;
Still as he gazed, his look became mair droll,
He scanned the mantel-shelf an' window-sole,
Syne fixed his een on Meg, wi' looks aghast,
As through his min' the truth like lichtnin' flashed.

" By a' that's guid!" quo Will, " tell me at ance!
What hae ye made o' a' my specimens?"

" Yer what?" quo Meg ; quo Will, " my flowers an' fossils,
Answer me quick ! or, by the twal' apostles,
I'll choke ye deid, an' tear oot baith yer een,
Though I should swing for't yet on Glasga' Green !"

"Gude saf's !" quo Meg,—wi' face an' lips as white—
" What do ye mean? the man's gane fairly gyte !
Loupin' an' dancin' like a deil in chains !
What is't ye want?"—quo Will, " I want my stanes !"
"Yer stanes !" quo Meg," " I soop't them clean awa !
A hoose sae fu' o' dirt, I never saw !
Ye bade me clean yer hoose ! I've dune yer biddin',
Baith stanes an' dirt I flung into the middin !
I gied the muckle anes to Jamie Finlay,
Wha, decent man ! wi' them built up yer chimla !"

Will, in his rage, noo rantit, rav'd, an' sware,
Danc'd through the hoose, an' tore his very hair,
Wildly he cried, " My precious Sigilaria !
My Calamites, Filices, an' Stigmaria !
My rare Sanguinolites ! an' Cytherina !
My Amphidesma ! an' my Litorina !
My Conularia Quadriscolata !
My Pyramis ! Umbrella Levigata !
Forbye, my Acanthopterigia scales,
An' specimens o' hetrocercal tails !

" There wasna sic a museum in the kintra,
Admired alike by savans an' by gentry—

The fruits o' mony a lang an' weary journey
By hill an glen, grey rock, and limpid burnie ;
My very books; frae aff the shelf ye've scattered,
Their brods wi' jawps o' whitnin' a' bespattered !
Deil tak' yer cursed scourin' and yer cleanin' !
Deil tak' the hale apothec o' you wómen !
A bonnie foretaste o' joys matrimonial !
Say rather, o' its torments pandemonial !
I fear I've tint my wits, an' gane astray,
Far better I were aff to Botany Bay !"

"Whisht ! whisht !" quo Mysie, " Willie, yer unceevil !"
Will, wi' an aith, bade her gang to the deevil !
May, like a prudent woman, held her tongue,
Though, in her heart, she thocht a hazel rung
Brocht owre his shouthers wi' a dainty whack,
Wad bring him to his senses in a crack ;
To Willie's ways, as yet, she was a stranger,
Sae wisely ne'er let on,—she saw her danger ;
Within her heart, she felt her choler rise,
But couldna weel afford to lose her prize !
But when on *her* he 'gan to vent his anger,
May bridled up, she couldna bide it langer,
Sae oot the door she flew wi' sic a flird,
Baith her an' Meg alike had ta'en the dird.

Will's passion owre, cam' thocht an' retrospection,
It took but twa-three minutes o' reflection

To see *he only* was the ane to blame ;
He should hae cautioned her, ere leavin' hame,
To put his cherished treasures by themsel',
In some spare neuk, ere to her wark she fell ;
He saw, wi' Meg, he had been hardly just,
Sae mak' amen's to her that nicht, he must.
Syne, wi' a sten', he bounded frae his chair,
An' doun the road, as fast as ony hare,
Owretook them ere they'd gane amaist twa stane-cast,
Saw, by their mien, they baith were unco douncast,
Could hear his bride-elect was busy flytin'—
For a' that happened, Maggie, sairly wytin',
Then, by an' by, they baith gied owre their gabbin',
But nearer, he could hear puir Maggie sabbin.'

Saftly, on tiptae, Willie slipped alang,
An' ere they wist, an arm roun' ilk he flang ;
They baith, at ance, let oot an eldrich squeel—
Till Willie spak', they thocht it was the deil ;
He, then, wi' awkward grace, confessed wi' shame,
" Dear Maggie, lass ! I hae mysel' to blame,
Ye didna ken their worth, I dinna doot it,
Sae, gies yer han' ! we's say nae mair aboot it !

" Noo, let us turn an' get a bite o' meat !
Losh, Mysie ! can it be, I see ye greet?
I'm sair to blame ! fye, dearest Mysie ! hoot !
Dry up yer tears,—atweel, I'm jist a brute !"
Sic words frae Will, were sweet to Mysie's ear—
Kent frae his tone, nae less they were sincere.

As when the mornin' sun dries up the tears
Shed a' nicht lang by melancholy spheres,
A smile o' pleasure brak' owre Mysie's face,
An' left na o' her ire ae single trace.
"Yer pardon, Will!" quo Meg, "for misbehavin',
But, Gudesake, whaten nonsense were ye ravin'?

"Sic words, afore, I ne'er heard mortal speak,
Say, Willie! were ye cursin' me in Greek?
Or, is't the newest fashion o' the age
Tae flyte in Gaelic, when ane's in a rage?"
"Nae mair!" quo Will, "noo, Meg, yer jokes gie owre,
To men' the matter noo is past oor power;
Let byganes be—some mornin' at my leisure
I'll frae the midden rake my scattered treasure."

To tell ye mair, I fear the muse wad tire—
They got their tea as weel's they could desire;
Refreshed, weel pleased, they left the hoose thegither,
Maggie took ae road, Mysie took anither—
Nae doot, accompanied by her darlin' Will,
Wha gallantly convoyed her owre the hill.

When she gat hame, I really dinna ken,
Or whether they were tempted in the glen
To rest, an' gaze upon the warks o' nature
At sic an hour, nae doot to them the sweeter,
Is past my power, because I didna see them;
But this I ken, Will took his plaidie wi' him;
There, dootless, Doctor Cupid, wi' love plasters,
Heal'd ilka scaur o' that day's fell disasters.

THE WADDIN'.

At length the day that was to croun wi' joy
His life, or a' its happiness destroy,
Awoke wi' sang o' bird and hum o' bees,
Wi' sough o' linns, an' simmer-laden trees,
Wi' glory-girdled sun an' skies o' blue,
Owre whilk like ships the white clouds sailin' flew;
Sweet Flora wore her skirt o' colours gay—
Nae doot she kent 'twas Willie's waddin' day—
An' weel she micht, for aft through bush and brake
Had Willie lanely wan'ert for her sake.

His cronies an' acquaintance roun' an' roun',
Lads frae the kintra, tradesmen frae the toun,
In gigs an' cars cam' screevin' up the brae—
A sicht to see on sic a bonnie day!
Lads wi' their lasses, farmers wi' their wives,
Wha reckon sic days epochs in their lives.

Frae ilka door folk gather'd oot to glowr,
The big anes cuffed the wee, an' dang them owre;
Never appeared a pageant half so gay,
When aff they set in orderly array,
Wi' Willie at their head to fetch the bride,
Raise in commotion the hale kintra side.
Ribbons an' scarfs a' streamin' in the breeze,
The very kye to glowr stood on the leas.

At Mysie's they arrived, an' lichtit doun,
Whaur sic a crood the door had gather't roun':
Mithers in jupes, an' ither dishabille,
Lads frae the loom, an' laddies frae the schule,
An' sic a drove o' lassies hafflins drest,
Some yont their teens, some keekin' owre the nest,
Lined the roadside in regimental raws,
To get a peep o' Mysie an' her braws.

Baith short an' sweet, the marriage ceremony,
Ne'er a' her days had Mysie looked sae bonnie.
An' noo to compliment the happy pair
An' wish them joy, the drink they didna spare;
Wi' stintless han' they pour the fiery flood,
Clink gae the glasses, corks frae bottles thud,
Nor stop till they hae drank at least twa roun'
O' Campbelton or Islay, unmade-doun.

O ! thus to usher in the joy o' joys,
Wi' that whilk ilka joy o' life destroys !
Joy, mirth, and glee are instincts o' oor race,
But droont in drink fell madness tak's their place.

Noo, strippit to the breeks the broosers stan',
Waitin' the bride to tak' them by the han'.
Mountit on horseback ?   No, but on their legs,
Or, as the auld folk say, " On shankie's naigs."
The tane, a stuffy callan frae Drumclog,
Wha seemed as stiff an' stunted as a log,

Yet had a pair o' lungs within his body,
Micht hae made bellows to auld Vulcan's smiddy,
The same wha since in unpretendin' guise
Bure aff frae famous Merrileggs* the prize.

The tither was a wabster frae the Stan'house,
Nane swifter for a short race in the lan' was,
An' noo the welkin rings wi' loud huzzas,
For aye the best o' a waddin' is the broose,
On ilka hill an' hicht, folk took their place,
Impatient a' to witness sic a race ;
For even then the chiels had got a name,
Though hadna reached the zenith o' their fame.

Ae touch o' Mysie's han', the crood they clear,
The wabster tak's the road like ony deer—
Shouts rend the air, twa guns pour forth their thun'er,
Alang the road ance mair the coaches dunner ;
Meanwhile, like lichtnin', on the broosers flee,
Through at the nearest, owre the grassy lea,
O' stock, nor stane, nor burn, nor dub tak' heed,
While aye the wabster, foremost, tak's the lead.

Frae ilka knowe ascends the loud " huzza !"
"Weel dune, the wabster ! feth, he'll win the day !
He's owre the Aven ! fairly cleared the staps !
Hurrah ! he'll win.—Drumclog ! ye'll lose yer baps

---

* Merrylegs, who was beaten in the race run at Paisley, by James
Hamilton, farmer, of Drumclog, in Avondale, in the year 1840.

An' ye'll,—noo, wabster! hain your win';
Feth! Drumie's dodin' no' that far behin'!
The wabster fags! the stey brae gars him stech!
While big-lung'd Drumie disna gie a whech,
But seems mair yal—he's past him, I declare!
Clean oot o' sicht, an' spankin' like a hare!"

Meanwhile the crood upon the ither side
See Drumie lea'in' him at ilka stride;
The wabster, sairly brusten, cursed the brae,
While Drumie wi' a flourish wan the day;
Lips white wi' foam, his face red flush'd an' sweatin',
He reached Will's door, whaur ane stood ready waitin'
To han' the whisky bottle to the winner,*
Whilk he receives, an' back the road like thun'er
To meet the waddin' folk, wha, on the richt,
In anes an' twas cam' gallopin' in sicht—
The steam ance up, John Barley in the brain,
Nae mercy then for harness, horse, or rein,
Toll-bars an' clachan-streets alike they flee through,
Deil tak' the hin'most, up they come like Jehu!
Arrived the racers in this wild olympic,
As weel's they can oot o' their gigs they jump quick.
On Willie's door-step stan's a douce auld body,
Auld Tibbie Waugh, Will's auntie, frae Kilwuddie,

---

* Lang syne, the prize was a guid cog o' brose,
But at sic dainties folk noo curl their nose.

Wha, for his youthfu' frolics used to skelp him.
Noo she had come to gie the bride a welcome,
O' modern etiquette had little notion,
Sae did her best in guid auld Scottish fashion.

First breaks a farl o' cake owre Mysie's croun,
Whilk, like a shower o' hail, fa's rattlin' doun,
Weel poutherin' her bannet an' her goun,
In token that frae heaven the showers o' plenty
Aye bless the lot o' her that's gair an' tentie.
Noo lads an' lassies scram'le 'mang the stour
To gather frae the green the oaten shower,
O' whilk the sma'est morsel has a charm
Beyond a' price, to youthfu' bosoms warm,
O' whilk possess'd, in bed when they repose,
They're sure to dream a' nicht about their joes.

Next, staps the besom into Mysie's han',
Wi' serious face, to let her understan'
Her part in life wasna to be a leddy,
But aye to keep her hoose fu' tosh an' tidy.
May curtsied low, syne wi' a bustlin' air,
The besom gied twa scuffs alang the flair.

Syne auntie Tibbie han's her owre the tangs,
To let her see that to the wife belangs
The task to keep the ingle bleezin' clear,
Whilk mickle helps a guidman's heart to cheer.

6

May tak's them up, an' gies the ribs a pouter,
Meanwhile the waddin' folks are a' aboot her,
The lassies lauchin' like to split their stays
At Tibbie an' her queer auld farrant ways.

Noo Willie's hoose was oot o' sicht owre wee
To haud the half o' sic a company,
But he had gat his neibor, farmer Nairn,
To len' his roomy kitchen an' his barn,
Whaur aff they marched in haste, to get their dinner,
An' crack aboot the merits o' the winner.

The farmer's kitchen, steamin' like an oven,
Wi' roastin', toastin', fryin', bakin', stovin',
Ilk dainty that Will's bounty could afford,
Roast beef, pies, puddin', graced the ample board,
Lamb, mutton, braxy, twa fat hens as weel,
Forbye a junket o' Kilwuddie veal,
For whilk Kilwuddie toun is kent to fame,
As weel's for ginge'bread, worthy o' the name.

Noo solemn silence reigns through a' the place,
Auld Nairnie steeks his een to say the grace ;
Nae won'er he could rattl't aff sae clear,
He'd said the same thing owre for fifty year !
Syne comes the deadliest part o' a' the battle,
A perfect onslaucht, plates an' dishes rattle ;
Like hungry gleds they a' fa' tae thegither—
To help theirsel's, the lassies didna swither ;

As for the lads, I'm quite ashamed to tell,
They had aneuch adae to min' themsel'.

Wi' raxin', rivin', guttelin' an' stechin',
They managed, ilka ane, to fill their pechan—
At han'lin' knives an' forks, a wee thocht awkward,
Yet ne'er a ane o' them was blate or backward;
Some o' the lassies leuch, some never spak,
But suppit, while their rosy lips play'd smack.
Dishes flew oot o' sicht as quick as thocht,
Fu' brawly ane could see they cost them nocht,
But by an' by the guests grew less rapacious,
Jist as the space within grew less capacious.

Still louder grew the giggle, lauch, an' clatter,
Again the drink gaed roun' like jaws o' water,
Will briskly cries, "Fye, ca' the jorum roun'!
Guid whisky helps to keep ane's dinner doun!
Noo, lassies, to yer feet, I hear the fiddle!"
Sae up he sprang an' coupit Maggie Riddell,
Whilk set the hale assembly in a roar,
Waukent their mirth, an' kenilt up the splore.

Noo like a burstin' dam, wi' headlang gush,
They to the barn, the bride amang the crush.
The fiddler, to his drouthy callin' true,
Ere he began was mair than quarter fou,
An' sae the better to be oot the gait,
Up on a barrel-head had ta'en his seat,
His back again the wa' to keep him steady,
The young folk skirlin', "Fiddler, are ye ready?"

Ae noble flourish wi' his bow he drew,
Syne licht as lav'rocks aff the dancers flew.

Through country dances, jigs, strathspeys, an' reels,
They lethert at it—souple were their heels—
Yet ay the kitchen gied anither ca'
To weet their whussle, an' their breath tae draw.
The lassies, hoo they reekit an' they swat !
For kintra queans are aye by or'nar fat ;
They danc'd, they pranc'd, they bobbit, an' they swang,
Some tint their feet an' fell wi' sic a bang
Again' the wa'.   Sin' syne I've aften won'ert
The bonnie creatures werena kill't or founert.

The mair they danced the mair they werena wearit,
They hooch't, they hoy't, like folk gane clean deleerit.
John Barleycorn, thou art a potent speerit !
For noo the drink had ta'en ilk youthfu' head ;
Ane lost his Sunday coat-tails wi' a screed—
He only leuch, an' said the deil micht tak it,
If he had lost his coat, he'd fan' a jacket !

They lap, they flang, they squeelt, they kiss'd, they huggit,
O that the lassies had been clad in druggit
Instead o' gingham gause or feckless muslin !
They wadna been sae rumpl't wi' the touslin' ;
Goun-tails were riven, snoods had lost their clasps,
Lang gowden locks hung doun like ravelt hasps—
Wha can feel blate when fou o' mirth an' whisky ?
At sic a time wha could be ocht but frisky ?

Ae kimmer, tired o' dancin' an' o' flingin',
To help the fiddler loud began a singin',
Anither throughgan chiel, ca'd Geordie Hallam,
Wad spiel the bauks to dance them " Keelim Callum."

Amang them nane mair souple was than Mysie,
She skelpit at it, neither lame nor lazy ;
Willie, wha'd drank an' danced while he was able,
Lay snorin' fou aneath the kitchen table.

By this, the fiddler, wha'd weel gotten his hornin',
Fell soun' asleep jist at the break o' mornin',
Syne slider'd frae his barrel wi' a clash,
But wauken'd when he heard his fiddle smash.
This brocht oor famous waddin' to a close,
But maist o' them, ere this, had socht repose
Amang the kye, the kail, doun in the backyard,
Some in the kitchen, ithers in the stackyard.

The men were in a state I daurna name,
Few o' them could convoy their dearies hame.
We shouldna scan things to the very letter,
But 'tweel the lassies werena muckle better !
An' O, to think, that nicht oor twa were married,
To bed, blin' fou, the bridegroom should be carried !

Some of the earlier critics of this work were inclined to think the above description an exaggeration, but I beg to assure the reader that such scenes at weddings—in the rural district to which I belong—were only too common ; and I fervently trust that those who now live there are wiser in their generation.

PART II.

THE DAY AFTER THE BRIDAL.

As maist o' stories wi' a marriage en',
Ye'll aiblins think I should fling doun my pen.
The young, especially, I ken, will think
That to gae on would be a waste o' ink,
As if the aim an' en' o' mortal fate
Was to achieve the matrimonial state ;
Jist as the last page o' oor crack novels
En' wi' the ringin' o' the marriage bells,
Their dramatis personæ, han' in han',
Like puppets roun' the marriage altar stan',
Drap a bit curtsie, wag their bits o' gause,
Syne wi' a flourish doun the curtain fa's.

Na, na ; anither thing is human life,
In ilka act o't passion plots are rife,
Oor courtin' days are but the preparation,
In marriage, we but lay the strong foundation
On whilk to rear the after-fabric fair,
Or hurl oorsel's to ruin or despair.
Then only we begin the real tuggle,
Ken what it is wi' earthly ills to struggle ;
Then lovin' hearts are put upon their trial,
Forbearance learn, an' mickle self-denial.

Nor could the bard tak' up a sweeter theme,
Than sing in doric verse the joys o' hame,
Its simple pleasures, an' its artless joys,
The carkin care that aft its peace destroys ;
Like winter storms that sweep the face o' nature,
They mak' its blinks o' sunshine a' the sweeter ;
Nor only 'mang the planets an' the stars,
Owre battlefields an' auld historic wars,
'Mang simmer woods and flowerets o' the spring,
Delights the muse to spread her radiant wing.

Fu' glorious, nae doot, are the works o' nature,
But nocht compared to man, God's noblest creature,
Nature's last, fairest work, is still the human,
But far surpassin' a' is darlin' woman !
Dear woman ! wheresoe'er on earth we fin' her,
Love, joy, an' happiness still wait upon her !

Whether in lowly cot or lordly ha',
'Mang India's palms or Lapland's frost an' snaw,
In Lun'on Palace wi' oor gracious queen,
Or bleachin' claes upon Kilwuddie green,
Be't royal palace, or be't lowly hame,
Dear angel woman, thou art still the same !

O what were human life if wantin' thee ?
Whaur beauty, sunshine, music, poetry ?
Whaur virtue, innocence, religion, truth,
That ilka day renew the warl's youth ?

An' whaur those bonnie fountains o' delicht
That dance within oor hames baith day an' nicht,
For whilk ilk bachelor body's bosom yearns,
Heaven's dearest, sweetest gift, the todlin' bairns?

If there's ae spot the muse wad choose on earth
To mak her hame, 'twad be the puir man's hearth,
Nane prize like them the sun, the flowers, the trees,
Nae cheeks sae redden in the healthfu' breeze,
Nane face sae manfully the brunt o' life,
Sae nobly play the part o' husband, wife—
In short there's nane sae steadfastly fulfil
Their earthly mission, be it guid or ill.

But it maun be the hame whaur love's pure lowe
Burns wi' the fervour o' a mutual glow,
The guardians o' oor hames are angels three :
Love, Labour, an' high-souled Sobriety,
Religion, wi' her leme o' sacred licht,
Showin' the narrow path to realms mair bricht,
On mirkest nichts her torch the brichter shinin',
Till e'en the darkness shows a silver linin'.

Love wi'——But I maun to my tale wi' speed,
An' whaur I left, tak' up the broken thread :
Niest mornin' saw an en' to a' their mirth,
If sic a thing, sae monstrous in its birth,
Deserves the name ; for better it were rendered
Madness, when by intoxicants engendered.

They wha had souls to think, or hearts to feel,
Felt inward pangs the doctors couldna heal,
Conscience aye lays a mair than or'nar' stent
On *drucken* sinners e'en though they repent.

Forbye sic things as rackin' broos an' brains,
Fell sickness, bile, an' fearfu' stammack pains;
But nane mair donsie, dowie, din, an' daugh,
Than was the bridegroom, hapless Willie Waugh!
His throat sae dry, his tongue like ony cinder,
His head an' brain a box o' lowin' tinder,
Felled sick he lay, his nervous system shattered,
His skin at fever heat, his senses scattered.

Ye'll aiblins think, his bride, wi' woman's care,
Wad rise, an' some bit cordial prepare
His sickness to relieve, an' ease his pain,
Noo that the die was cast an' him her ain;
She raise, nae doot, but only made his crowdy,
Nae soothin' tea, no' e'en a drap o' toddy,
Nae kin'ly word o' sympathy to cheer
His joyless heart, an' greet his listenin' ear,
But like ill-natured cat, she'd gie a snuff,
By whilk he saw his bride had ta'en the huff.

In vain Will groaned, May never fash'd her thoom,
But purs'd her mouth an' hung her broo wi' gloom;
To think that e'en upon his marriage nicht
He wad come hame in sic a beastly plicht!

'Twas nocht to drink, if but in *moderation,*
But sae to act was an abomination !
May didna see, the practice being evil,
Be't less, or mair, it still leads to the deevil,
Sic things she couldna—no, she wadna stan',
Sae thocht it best to tak the upper han'.
" Drinkin's his failin', that I plainly see,
Sae drink he shanna get—at least, frae me."

Will saw hoo matters stood, an' cursed his fate,
That drave him to the matrimonial state,
His fate was sealed past power on earth to change,
Ae thing at least, was in his power, revenge.
Sae, bent on mischief, frae his bed he raise,
Nor wash'd his face, put on his waddin' claes
Jist as they were, nor even brush'd his shoon,
But oot the door, an' aff straucht to the toun.

" Deil tak' the chiel," quo Mysie, " let him gang !
Brawlies he kens it's him that's in the wrang !"
Ah, Mysie ! ye hae mickle yet to learn,
O' married life ye're ignorant as a bairn ;
An' thousan's mair than Mysie dinna ken
The magic gait o' guidin' thrawart man ;
Like cuddy ass, the sou, he winna drive,
But reist, an' dour, an' gainst the bridle strive,
While ae sweet blink o' love his wrath will lay,
Then e'en a bairn micht lead him wi' a stray.

Ae look, ae couthie word o' kindness sweet,
Wad brocht May's truant husband to her feet,
An' chained him wi' love's saft an' silken fetter,
But ah! her cursèd pride—it wadna let her!
Aye, women! ye but fling yer words awa'
When yer puir men ye flyte on an' misca',
The mair ye flyte an' fume the mair ye tear
The ties that mak ye to their bosoms dear,
Ilk wrathfu' word that lea's yer clapper tongue
Is jist anither sod malicious flung
Into the deep well-ee o' love's pure spring,
Whase streams to ye sic wauchts o' pleasure bring.
Thus, day by day, the bonnie spring ye muddle,
Till, by an' by, it grows a perfect puddle.

Will hadna gane twa stanecasts frae his door,
Till wha meets he but drouthy Johnie Orr,
Wi' Davy Dick, anither drouthy crony.
"Weel met," quo Dave. " Hoo's a' this morn?" quo Johnie.
" Thank ye for spierin', frien's, I'm no that ill,
Considerin' the dancin' an' the yill."
" Queer yill," quo Johnie, " Guidness! sic a haddin'!
I ne'er was half sae fou at ony waddin!
I didna see the en', I gat sae drousy!
But hoo's the bride, yer wife, yer winsome Mysie?"
" Mysie be hanged!" quo Will, " ne'er fash yer thoom,
But come yer wa's, I'se gie ye baith a dram."
" A what!" quo Dave, " I'm sure I've heard ye say
Ye ne'er could bide the smell o' drink niest day?"

"Ne'er fash," quo Will, "ye see I'm in the tid,
A glass o' something strong will dae me guid."

Sae aff they gaed, Will an' his drouthy cronies,
To Luckie Howe's, a favourite howf o' Johnie's,
Ca'd in a reamin' gill o' mountain dew,
But och, the sicht o't gart oor wabster grue,
But like ane bent on takin' medicine,
He there an' then resolved it should be dune ;
Sae, steek'd his een like bairnie when its minny
Wi' mickle fleechin gets to tak' its senna,
The glass in ae han', water in the ither,
He gowp'd it owre, nor lang at it did swither.

"Weel dune," quo Dave, " 'twas ance sae wi' mysel',
Like you, niest day I couldna thole the smell,
The mair they fleech'd, the mair I yesk'd an' fretit,
But noo I'm i' the horrors till I get it."
"I min'," quo Johnie, "when I learnt the smokin',
The newest pipe wad set me tae the bockin',
But strange to tell, within a day or twa
The blackest cutty I could freely blaw ;
The first o' ilka trial's aye the warst,
Ye'll nail the second easier than the first."

'Twas jist as Johnie said, for ne'er again
Was Willie at a loss to stan' his ain,
Yet mickle cause thereafter to repent
The day he tried the vile experiment,

For ever after, when he yoked the spree,
It wasna ae day, but as aften three.
Thus, set agaun, wi' mickle din an' clatter,
The drink gaed roun' like wauchts o' caller water,
Ithers cam' in an' had their caups an' glasses,
Syne, by an' by, cam' in twa buxom lassies,
Wha, after mickle pressin', sat them doun,
Thus, in a crack, flew by the afternoon.
Will soon gat cured o' a' his stammack fever,
Grew blythe, syne bauld, syne dafter far than ever.

Ah, Mysie lass ! but ye were sair to blame,
That didna keep yer young guidman at hame ;
A' day she tholed till she could thole nae langer,
Her twa een dartin' lichtnin'-flauchts o' anger,
She raise, an' flang a shawl oot owre her head,
Syne to the toun as fast as she could screed,
Determined, if in public-house she fan' him,
For ance, at least, to toum her stammack on him,
She'd let him ken, an' clearly un'erstan',
She wadna be sae used by ony man.

Sae, in a blink she stood at Luckie's door,
Heard through the window brods the wild uproar,
The stoups play clink, the rattle o' the glasses,
Will's loud guffa, an' skirlin' o' the lassies—
She heard nae mair, but wi' a fearfu' bang
That shook the wa's, the door wide open flang,
Ran ben the hoose, when what does Mysie see,
But Willie wi' a hizzie on his knee,

His ae han' firmly clasp'd aboot her waist,
While, wi' the ither, coaxin' her to taste.

May could but glowr, on Will fixed sic an e'e,
She tried to speak, her tongue it wadna gee,
Her death-like hue, her faithless lord alarms,
Jist raise in time to catch her in his arms.
Meanwhile, the drouthies gather roun' the twa,
When Mysie, wi' a skirl, clean swarf'd awa';
The lan'leddy, wha understood the case,
Flew ben an' jaw'd some water in her face,
Whilk to her cheek brocht back the colour flushin',
An' frae her een the tears in torrents gushin'.

O blessings on ye, sweet, auld-farrant dears!
Wha, stead o' flytin', droun yer men wi' tears,
They're worth a hunerwecht o' pickled tongues,
They save yer breath, an' dinna stress yer lungs;
Tak' my advice, when'er ye want yer man
Some sma' request to grant, jist turn the cran;
Saut water's cheap, sae freely let it rin,
A sab or twa, an' syne the job is dune.

Some said that Mysie's faint was a' a sham,
An' reckon'd it a part o' her programme;
For my ain part, I hardly think it true,
I think she had anither en' in view.
Wi' tentie stap Will led her frae the room,
As Luckie whisper'd Will the spence was toom;

Weel pleased, Will ope'd the door, an' in they gaed,
Whaur explanations on baith sides were made,
But Willie, generous aye, took a' the blame,
Sae 'twas agreed to mak' it up at hame,
Auld luckie was ca'd in, Will pay'd his score,
Sae aff they march'd an' left the dinsome core.

Ye've seen when heavy clouds o' rainy grey
Obscured the face o' bonnie April day,
Then suddenly, wi' smilin' face, break through
The joyous sun, amid a sky o' blue?
Then green leaves dance, the blythe wee birdies sing,
An' joy ance mair pervades the heart o' spring,
While twinklin' grass, an' ilka droopin' flower,
Look a' the sweeter for the passin' shower?
Sae was it wi' oor newly wedded pair,
Love's sun shone bricht, life's firmament was fair,
For twa-three days a' things gaed sweet in tune,
For joy bade fair to bless their honeymoon.

WHA'S TO RULE?

Gossips beforehan' had weel spaed Will's fortune,
Wha said his honeymoon wad be a short ane,
For ilk ane kent that Mysie was a kemper,
An' couldna weel restrain her fiery temper,
Aye fain to be the queen-bee o' the hive;
As weel they kent that Willie wadna drive;
They kent his aim was less to gather cash,
Than shells an' stanes, an ither sic like trash.
Sic ways, they kent, Mysie wad never stan',
But dae her best to get the upper han'.

An' jist as true's they said, like ony eel,
She couldna rest, nor kent when she was weel;
A' day she'd yawmer, flyte, or sit an' gloom,
She couldna think to see him aff the loom;
His hoardin' up o' stanes she couldna thole,
Nor on the brace, nor on the window sole
Wad they get leave to lie ae minute for her,
But soop't them aff, to Willie's grief an' horror.

He tried to keep them 'bout the loom beside him,
In neuks an' ratten holes he tried to hide them;
But, och! when Mysie's cleanin' day cam' roun',
Ye'd thocht the very roof she wad haen doun;
Doun gush'd the water like an autumn spate,
Till Will was glad to flee oot o' her gait,
An' leave his darlin' fossils to their fate.

Noo wark was brisk, an' Willie was kept thrang,
An' hard he wrocht, but ah ! he never sang.
Ah, Mysie ! if ye'd had the tact o' woman,
Ye micht hae kent *that* was an evil omen.
The bird may sing within a gowden cage,
But ne'er sae sweet as in the sunny hedge ;
E'en there, when dark clouds veil the face o' day,
It droops its wing in token o' its wae ;
Nor are the birds, in this respect, their lane,
The very flowers shrink when there's signs o' rain.
Nae won'er human hearts yearn for the licht—
The licht o' love, that mak's oor hames sae bricht.

Say whatfor, woman, was thy beauty gi'en—
Thy dimpl'd cheeks, red lips, an' glancin' een—
Thy saul-bewitchin' grace, an' pauky art—
Thy priceless love deep wellin' frae thy heart,
If no to mak' sweet hame a heaven on earth,
An' consecrate to us the lowly hearth ?

O that thy face should wear the mask o' gloom—
That face whilk sunny smiles sae weel become !
O that those lips, a' weet wi' liquid honey,
Should e'er gi'e vent to epithets uncanny !
O that black venom should drap frae that tongue
Sae nicely poised, sae delicately hung !
Ah, wives ! I fear ye're mickle aye to blame
When men prefer the public-house to hame ;
Nae doot, there are exceptions, a' rules fail—
Nae mair digression, but resume oor tale.

7

At ither, a' day lang, they snap'd an' snarled,
About the merest trifles foucht an' quarrelled;
Thus, bit by bit, Will's thrawart temper'd dame;
Drave peace an' comfort frae his humble hame:
Sic being the case, nae ane will think't a won'er
That Willie at his life took quite a scunner,
An' spent his time an' cash wi' cronies bousin'
For days an' nichts, in Lucky Howe's, carousin'.

Nicht after nicht gaed Mysie doun to seek him,
An' frae his hame at length resolved to steek him.
In bed that nicht she heard a fearfu' reenge,
He had dang in the window wi' a breenge,
An' when she startit frae her broken sleep,
Will stood before her bleedin' like a sheep.

In vain, about the drink, she raged an' rantit,
He'd come the length that noo he couldna want it,
E'en on the loom, he couldna work withoot it—
'Twad be his death, ere lang, May didna doot it!
What could she dae but his vile drouth supply,
Or see the source o' a' their wealth rin dry?
Thus doun the dizzy path o' fell disaster
Drave Willie Waugh, the langer still the faster.

THE ANGEL O' HAME.

Ae weary winter nicht, an' something dark,
Willie gaed to the toun about some wark,
He wasna fou, but yet had gotten a taste,
When doun a message cam' for him, in haste,
Sae startit aff, but when he reached the hicht,
Surprised he saw his winnock gleamin' bricht,
Ance in, O wow! but he was proud to learn
He was the daddie o' a lassie bairn.

An' sic a stoun o' joy oot through him gaed
When in his arms was his wee lammie laid,
His heart was at his mou', he couldna speak,
While blissfu' tears were happin' doun his cheek—
The bonnie thing, sae helpless, saft, an' wee,
He scarcely fand her wecht upon his knee ;
An' when he laid the bonnie infant blossom,
Wi, tentie han', within its minnie's bosom,
Took Mysie in his arms, an' fondly kiss'd her,
While for the precious gift he thank'd an' blest her.

Ance mair, the star o' hope shone o'er his lot,
The waefu' past was noo a thing forgot,
New feelin's stirr'd his bosom to the core,
A chord was struck had never thrill'd before ;
Yet, strange to tell, he didna yoke the spree,
Nor toast the bairnie's health on barley bree,

Nor like some men I've kent, he didna rin
To fetch frae ilka door the neibors in,
As hen, owre her first egg, whate'er the size o't,
Will cackle loud, the hale worl' to apprize o't.

A change for guid cam' owre Will's heart that nicht,
His drucken sprees saw in their proper licht,
Scarce bow'd an e'e a' nicht upon his bed—
The angels only ken what tears he shed,
Hoo fervently for his wee lassie fair
He thank'd kind Heaven, and vow'd to drink nae mair.

Then swift as flacht o' fiery lichtnin's wing
Did memory to his recollection bring
The incidents o' that mysterious dream
He dreamt langsyne by Kype's dark flowin' stream ;
Strong drink, he saw, had been the awfu' demon,
Could Mysie be that paragon o' women
Whase lovin' look had turned to ane o' evil,
An' lent new strength to the pursuin' deevil?
An' wha that bonnie angel frae the lift
But his wee lassie?   Heaven's best, latest gift !
In mercy sent to lead frae paths o' danger
To virtue's ways, to whilk he was a stranger.

Ance mair, the hours on wings o' gladness flew,
As day by day his bonnie flow'ret grew,
Day after day it was his bliss to trace
The dawn o' beauty in her infant face,

Wi' secret pride, he saw—yet didna tell—
In her the perfect image o' himsel';
Nor only in the traits o' ootward nature,
But in her soul she bore his ilka feature.

A' things gaed richt; e'en Mysie for a season
Her temper kept within the boun's o' reason;
Will wrocht his wark, could whussle noo, an' sing,
His wintry life put on the hues o' spring;
May saw, weel pleased, a change come owre her hame,
Yet didna see whaur she had been to blame.
Ah! Mysie, what thy woman's heart denied,
Heaven, in its bounty, to thy lord supplied—
Kind Heaven, wha kens the wants o' ilka creature,
Supplied the link awantin' in thy nature—
The gowden link that binds a' hearts abune,
The link that yet shall mak' the hale warl' kin.

Mysie, nae doot, weel lo'ed her sweet wee lassie,
But Willie quite ador'd his darlin' Jessie,
Her face, her form, her ilka winnin' art,
Were graven on the tablets o' his heart;
Her ain wee heart was jist a fount o' feelin'—
When owre the earth the shades o' nicht cam' stealin'
She'd tak' her seat upon her faither's knee,
An' roun his neck firm clasp her han'ies wee,
The while her velvet cheek to his she prest,
An' wi' a kiss prefer her sma' request.

That at her wish he'd frae his wallet wale
Some funny myth, or marvellous fairy tale,
Till tears o' mirth adoun her cheeks wad hale.
Or if the tale had in it ocht was waesome,
Her tears an' sabs wad smother in his bosom.
Nor only ranged the fields o' fairy lore,
But Scripture's sacred realms they wad explore
To cull its lessons an' its wondrous stories,
Whilk Will arrayed in a' their eastern glories.

Hoo Satan cam' to Eden's garden fair
An' wi' his lees seduced the lovin' pair,
When cam' an angel wi' a flamin' sword,
An' drave them frae the garden o' the Lord;
An' hoo the Lord forga'e them a' they'd dune,
An' hap't them frae the cauld in coats o' skin:

Hoo Noah an' his family fell to wark,
An' built a muckle ship they ca'd an ark;
Hoo leevin' things flew tilt frae far an' near,
Kye frae the fields, ilk creature that had wings,
Serpents an' ither ugsome creepin' things,
Deer frae the forest, wild beasts frae their lairs
Cam' marchin tae the ark in stately pairs:

Syne cam' the greatest beast amang them a',
The flood, that droont the wicked, ane an' a',
While Noah's muckle ship, within a crack,
It wi' a hotch clean liftit on its back,

Thus, while it bure the righteous owre the waves,
Trampl'd the wicked neath its awfu' haives :

Hoo Noah's heart rejoiced to see the doo
Come sailin' wi' a green leaf in its mou',
By whilk he kent the earth wad soon be dry,
An' thank'd an' blest his Maker in the sky ;
An' hoo, at length, the ark unwieldy sat
Upon the rocky hichts o' Ararat,
While doun its slopin' sides, withoot a helter.
The beasts wi' joy ran headlang helter-skelter :

Or hoo the folk wha built the Tower o' Babel
Misun'erstood ilk ane the ither's yabble ;
Hoo ae word for anither was mista'en,
While ilk ane spak a gaelic o' his ane ;
Hoo ane socht mortar an' was han't a shool,
Anither bricks, an' gat a cutty stool,
Ane brocht a hazel rung instead o' stanes,
An' gat wi't twa-three reesils for his pains ;
Then wad the wee thing keckle an' guffaw,
Sae graphically wad Will the picture draw.

For a', the bairnie wadna fa' asleep,
But nestlin' to his bosom fondly creep,
Ae story mair to her he be't to tell
'Bout Joseph an' the loons wha did him sell
To Potiphar, in Egypt far awa',
When frae the darksome pit they did him draw ;

Then wi' a partin' kiss her een she'd steek,
While tears for Joseph lay on ilka cheek.

Or hoo the Man o' Sorrows meekly thol'd
The buffets o' the Roman sodgers bold,
Pilate's injustice, royal Herod's scorn,
The Cross, the nails, by which his flesh was torn,—
An' what was waur to thole than a', I fear,
The treachery o' his disciples dear;
Yet hoo he triumphed owre his cruel foes,
When frae the grave in perfect life he rose,
Forgied his followers a' they had dune,
Syne mountit in the clouds to heaven abune.

At times, sic funny questions wad she speir
About the sun, the moon, an' starnies clear,
The sky, the clouds, the rain, the sleet, the sna',
'Twad ta'en the langest day to answer a';
She loo'd the birds, an' like them learned to sing,
Kent ilka spot whaur grew the flowers o' spring,
Wad sit for hours beside the trottin' burnie
To hear it tell the story o' its journey.

Willie, wha'd lo'ed amaist to adoration
Fair nature, in his bachelor probation,
Felt a' his youthfu' passion re-awake
Far deeper noo for his wee lassie's sake—
Blue skies, warm sunlicht, flower, an' leafy shaw,
She seemed a combination o' them a'—

His heart, his hame, his warl' wi' music rang,
Till gush'd his heart's emotion forth in sang;
In heart, at least, oor hero was a poet,
Ae sang he made, an' tack't an auld air to it,
Some verse or twa o't yet beside me lie,
We'se glance them owre, syne lay them carefu' by.

"OOR BONNIE WEE BAIRNS.

" To me, Caledonia, hoo dear are thy mountains,
    Thy hills o' red heather, an' dark wavin' ferns,
I lo'e thy deep glens, wi' their clear gushin' fountains,
    But dearer than a' are thy bonnie wee bairns!
In touns on the pavement, in fields 'mang the gowans,
    Wherever I meet them my heart to them yearns,
Their een like wee starries, their lips like red rowans,
    It mak's me feel young when I gaze on thy bairns.

" The raptures o' him wha is blest wi' a dearie,
    Nae auld bach'lor body need e'er think to learn—
The cosiest hame aye seems dowie an' eerie,
    Till sunn'd wi' the smile o' a bonnie wee bairn.
The laurel o' fame on my broo wad soon wither,
    For riches an' grandeur still less am I carin',
But gie me the bliss o' a leal-hearted faither,
    When first to his bosom he clasps his wee bairn.

" Yon statesman wha toils for oor guid an' oor glory,
    Yon hero wha fechts, while he gallantly earns
A name an' a place in the annals o' story,
    Ance danc'd on the green wi' oor bonnie wee bairns.
Oor bards o' langsyne still enliven an' cheer us,
    The martyrs still speak frae their auld mossy cairns,

While the bluid that ance fired the brave hearts o' sic
    heroes
Still mantles the cheeks o' oor bonnie wee bairns.

" Can there be a faither sae base an' unfeelin'
    As squan'er the wee pickle siller he earns,
When death's icy fingers are roun' his heart stealin',
    He'll min' the sad looks o' his wee hunger't bairns.
Then, O let us keep their wee hearts frae temptation,
    The loon wha wad wrang them I'd hae put in airns,
The glory an' pride o' oor auld Scottish nation—
    Her health an' her wealth are her blithesome wee bairns."

Thus, day by day, the lassie grew apace
In stature, wisdom, beauty an' in grace,
O' bonnie bairniehood had burst the hool,
Was noo a douce wee missie at the schuil;
For books an' lear she grew a perfect raven,
For histories an' tales had sic a cravin'
That Mysie flet, an' ca'd it waste o' time—
For idleness wi' her was aye a crime.

To bairns like her sic books could be nae use,
Far better she wad learn to snod the hoose—
Lang ere *her* age she had been set to wark,
Could darn a stockin' heel, or men' a sark—
Lassies, when young, should learn aye to be thrifty,
When auld age cam' they made a better shift aye;
Some mithers made their dochters perfect dawlies,
E'en in their teens they let them play wi' wallies;

Nae won'er, when in hooses o' their ain,
Their guidmen's hard-won gear they couldna hane!

But though a slave nae langer to the bottle,
I'm wae to say Will wasna yet teetotal,
At Ne'rday times, or at a hirin' fair,
A gill or twa he couldna weel but share
Wi' them wha'd been his cronies a' his days,
Wha leuch noo at his queer, newfangled ways;
But Willie was convinced that drink was evil,
Had lang eneuch haen dealin's wi' the deevil,
Sae noo he'd keep his passions in comman',
An' firm resolved by Temperance to stan'.
Alas! frail man, what is thy boasted strength?
At best, a worm o' five or sax feet length,
Thy resolutions, threads o' gossamer,
That vanish wi' the faintest puff o' air!

THE WAEFU' FLITTIN'.

THAT ae misfortune seldom comes its lane,
But aften brings anither in its train,
Is an auld sayin', but nae less a true ane,
Mair than can be averred o' mony a new ane.
This truth experienced Willie to his loss,
For days an' weeks he hadna earn'd a cross,
The olive branch ance mair owre Europe wav'd,
War's bluidy tempest noo nae langer rav'd;
Yet, strange to tell, instead o' active trade,
Oor nation's commerce in the dust was laid,
Weavers, wha'd boasted o' their weekly gains,
Were glad to get a "stroke" at nappin' stanes.

Mysie, wha had for years behaved sae weel,
Oot door an' in gaed ragin' like a deil;
Care, at Will's heart, ate like a canker worm,
But Jessie was the beacon 'mid the storm,
Shed gleams o' sunshine owre his paths o' life,
An' soothed the rising waves o' family strife.
Had this been a', things micht hae sune cam roun',
But blacker yet the cloud o' woe fell doun.

O' his bit hoose an' bonnie sunny yard,
To him sae dear, he was nae langer laird,
They had been bonded oot o' Mysie's kenin',
In his mad tids o' drinkin' an' o' spenin';

He hadna wark, the bond was lang past due,
In desperation to the drink he flew,
Wi' drucken ne'er-do-weels spent ilka plack,
Nor left the very coat upon his back.

On May, the news fell like a clap o' thun'er,
Their bonnie mailin, worth guid notes a hun'er,
To lose't at sic a time was truly awfu'!
A cryin' sin! it didna e'en seem lawfu'!
But whaur was Will, the drink-devourin' deevil,
The cause o' a' this unexampl'd evil?
She in her bauchels startit for the toun,
In ilka drink-howf socht him up an' doun,
Nae ane had seen him sin' the nicht afore—
A' she could gather from the drucken core,
Was, that he slipit frae them late yestreen,
But whaur he'd gane to, nane o' them had seen:

Some thocht he'd gane on tramp, others insistit
That wi' the sodgers he'd gane aff an' listit,
Whilk put puir Mysie in an fearfu' state—
A' airts she gaed, but couldna learn his fate;
Sweet Jessie when she heard the dolefu' tale,
Grew white as death, her lips like ashes pale,
Aroun' her mither's neck her arms she flang,
An' for her faither grat the hale nicht lang.

Neist day they gat a letter frae the law,
That warned them frae their wee bit hoose awa',

Ae week, it said, wad yet be granted her
For to remove her sticks o' furniture.
Seven wee short days, alas ! wad sune get past,
Syne they maun wan'er hooseless in the blast;
For whaur to gang, she really didna ken—
She wished her weary life was at an en';
O' frien's she hadna left a single body,
A' roun' an' roun', no' even in Kilwuddie !

Her sister Meg to Glesca' toun had gane,
For to keep lodgers a bit hoose had ta'en;
Nae doot, if they were there, she'd tak' them in;
She was, at least, o' their ain kith an' kin.
But Will, the vile deserter, whaur was he?
O, dismal thocht! she him nae mair micht see !

Jessie, a lassie, noo weel through her teens—
Thocht—seein' that they had nae ither frien's—
'Twere best at ance to Glesca' to proceed;
May thocht the same, an' sae it was agreed.
Ance there, they'd ha'e a better chance to hear
Some news o' him they baith alike lo'ed dear.

Sad were their hearts that day they bade fareweel
To the auld biggin that had gi'en them biel;
The carrier, Saunders Bell, wi' feelin' heart,
Agreed to tak' their sticks upon his cart,
May offered him what cash she had to gi'e,
But Saunders wadna tak' a broun bawbee;

An' though his beast had on a heavy load,
He hurled them the maist feck o' the road.

May thocht on a' things but her evil ways,
Noo that her lot had fa'n on darksome days.
Full saxteen years oot owre her head had pass'd
Sin' that same road to Glesca' she'd gane last
Wi' her betrothed to buy the waddin' braws ;
That strange eventfu' day she had guid cause
Through a' her life aye to remember weel,
When keelie fingers aff her purse did steal.

Nae balmy breezes noo aroun' her play,
Sadly the burnie wails 'tween bank an' brae
The gurly win's o' cauld November snell
Had bleached the crimson o' the heather bell,
Silent the voice o' hapless bird an' bee,
The simmer flowers a' withered on the lea,
Frae autumn fields the craps are gathered in,
The stibble léft to whiten in the win',
The shortnin' day obscured wi' leaden cluds,
The black craws hurryin' to the distant woods,
No e'en a daisy on the sheltered slope
To cheer her droopin' heart wi' leme o' hope,
Yet still ae bonnie flower remained to May,
Her darlin' Jessie, noo her only stay.

Maggie, puir lass, was mair than or'nar ta'en
To see her sister an' her sister's wean,

An' when she heard the story o' their woe,
Her tears o' sympathy wi' theirs did flow,
For Maggie had a woman's feelin' heart,
An' to oor wan'rers did a sister's part.
To treat them weel did a' that in her lay,
Though, wi' hersel', she had eneuch to dae,
Wi' kin' words sweeten'd Mysie's bitter cup,
Things wad come roun' an' Willie wad cast up.

Wi' Maggie's help, far sooner than they ettilt,
In a bit hoose the twa were snugly settl't,
Whaur, what wi' sewin' an' wi' ca'in' yarn,
They manag'd aye their bite o' bread to earn.
But what wad May hae dune withoot her Jessie?
Ne'er was a mither blest wi' sic a lassie!
But for her angel love an' tentie care
May wad hae clean gaen on to black despair;
For Willie she, unseen, drapt mony a tear,
While conscience noo kept dinnin' in her ear
That she hersel' had been the maist to blame
In drivin' him frae his belovèd hame.

EDWIN LEE.

But Glesca' air wi' Mysie didna gree,
Her cheeks grew thin, the licht forsook her e'e ;
Ae afternoon, her broo was rack'd wi' pain,
Her skin ae glow o' heat, on fire her brain,
To tak' some tea in vain had Jessie pled,
Fell'd sick, she lay obleeg'd to tak' her bed ;
Red flush'd her cheek, a' nicht did moan an' haver,
Puir Mysie Waugh was in a ragin' fever.

The doctor cam', an' gravely shook his head,
Some twa-three pouthers left, but naething said ;
At sic a crisis, Jessie didna fail,
Ne'er a' her days had felt sae strong an' hale ;
Baith day an' nicht were to her mither gi'en,
Nicht after nicht, sleep never boo't her e'en,
Fervent she prayed for baith her parents dear—
Her faith in Heaven dispelled her ilka fear ;
Her Auntie Maggie whiles cam' owre the gait,
But, fear'd for the infection, didna wait.

Yet Jessie, in a manner, though deserted,
Still foucht the battle bravely an' strong-hearted ;
Whiles, like a bairn, May did whate'er she bade her,
At ithers, in the bed she couldna haud her.

8

But, by an' by, the fever's rage was spent,
An' syne, for twa-three days, sae weak an' faint
Lay Mysie, ye could hardly hear her breath,
The trem'lin' bauk hung fair 'tween life an' death ;
But Jessie's love the scale o' life weigh'd doun—
May gat the turn, an' gradually cam' roun' ;
Her Jessie's heart ran owre wi' joy an' pleasure—
But ah ! by this, their stock o' earthly treasure,
The twa-three shillin's whilk had been their a',
For drugs an' cordials melted clean awa'.

Dread Want was at the door, an' wad be ben,
While Cauld cam' chitterin' roun' their wee fire-en'—
For sin' the day her mither fell sae ill,
Baith wheel an' needle had been stanin' still—
Vainly she tries the future to explore,
When hark ! a gentle rap comes to the door :
Mither an' dochter glowr't at ane anither,
The door to open, they were in a swither.
At sic a time ! wha could it be ava ?
She raise an' turned the sneck wi' canny thraw ;
The door stood wide, an' wha does Jessie see,
But Auntie Maggie's lodger, Edwin Lee :

A modest youth, wi' face like openin' May,
Dark beamin' e'e, an' locks like ony slae,
Broo brent an' braid, his manner frank an' free,
A lad, jist made to tak' a lassie's e'e.

Wi' bashfu' air, she bade the youth come ben,
Her heart, meanwhile, somehoo, I dinna ken,
Gaed flutterin' like a bird within her bosom,
While a' her face put on a crimson blossom ;
The lad had aye been kind and civil to her,
An ae dark nicht had owre the gait cam' wi' her.

He said, hoo, at her auntie's fond request—
Wha, puir thing, nicht or day, could get nae rest
Till o' her sister's weelfare she heard tell—
Bein' owre feart to venture oot hersel',
Her erran' she'd committed to his care—
Had sent a basket cramm'd wi' sican ware
As butter, biscuits, sugar, tea, an' ham,
A can o' marmalade, an ane o' jam.
She'd sent, forbye, a wee bit trifle siller,
Whilk they, he said, were ne'er to mention till her

Auld farrant rogue ! his last tale was a whid,
Invented for the sake o' daein' guid ;
The eatables were Meg's, the cash his ain,
Whilk frae his scant allowance he had ta'en.

Edwin had been a weaver bred, in Ayr,
But a' his days had thirstit after lear ;
When trade was guid had wrocht like ony slave,—
His laudable ambition was to save
As mickle cash as put him through the college,
Buy books, an' ilka ither kin' o' knowledge.

Noo, he had risen to be a Latin teacher,
But his great aim was yet to be a preacher.

His erran' dune, he didna dummie stan',
But stappin' owre, took Mysie by the han'—
That thin, white han', noo worn to skin an' bane—
The whilk he kin'ly pressed atween his ain,
Bade her cheer up, she'd soon again be weel,
An' by an' by sit birrin at her wheel.

Quo May, wi' smile o' mitherly affection,
"Young sir, are ye no' feart for the infection?
Jist comin' aff the air, it's rather kittle—
Fever, ye ken, is mair than or'nar smittal;"
Quo Edwin, "Till oor task on earth be dune
We hae the promise o' the Lord abune,
Sae lang's we keep on duty's shinin' track,
That health or strength, meanwhile, we winna lack;
Nae doot, health is a gift we a' prize dear,
Yet they wha trust in God hae nocht to fear;
Affliction comesna but wi' Heaven's permission,
An' even then, it's sent us for a blessin';
As when oor hearts get wedded to the worl',
Or doun some hellward path we headlang hurl."

An' thus, frae less to mair, the youth gaed on
Till his dark e'e wi' Christlike fervour shone;
As, step by step, he led her to the mine
O' heavenly truth an' gospel-grace divine,

Mysie, wi' tremblin' lip, an' tearfu' e'e,
Her great unworthiness began to see,
Yet, in her heart, blest God for a' he'd dune
For her puir soul, sae prest wi' guilt an' sin—
Rejoiced to think the Lord had been sae kind,
An' on his savin' mercy firm reclined.

Nor were his words to Jessie's soul less blest,
Though lang ago her spirit had found rest
In Christ; the truth fell sweeter on her ear
That it was uttered by a heart sincere;
An' noo that her dear mither was restored,
Wi' heartfelt thanks she blest her Saviour Lord.
Meanwhile, young Edwin in her bosom's core,
Rose to a place he hadna held before.

Then, by an' by, they conversed a' throu'ither,
But Jessie's crack was a' aboot her faither;
Whaur wad he be on sic an awfu' nicht?
For noo the wintry storm was at its hicht,
O' whilk, till noo, they hadna notice ta'en—
Loud on the glass they heard the bickerin' rain;
While cam the win' wi' sican fearfu' thuds,
As if 'twad rive awa' the window brods,
Whilk Jessie flang ajar, an' drew the screen,
But nocht withoot but blackness could be seen;
Ilk pane reflected her sweet face an' form—
But, hark! that wailin' cry amid the storm!

"Oh God! I thank thee! To thy name be praise!"
Speechless, the three upon ilk ither gaze.

Quo Jessie, while her cheek grew pale wi' fear,
"That voice! O, mither! 'twas my faither dear!"
Then, like a fawn, she doun the stair did flee,
While, at her heels, as fast ran Edwin Lee;
Mysie pursued them wi' a wistfu' look,
Her feeble frame like ony aspen shook,
While fervently her heart prayed frae its core
That Heaven her errin' husband wad restore;
Yet a' the while her e'e kept on the door.

Jessie, wha in a blink had reached the street,
Stood battlin' wi' the darkness, win', an' weet;
But no a leevin' creature could she see,
Till by her side she saw young Edwin Lee,
Wha said, "Dear Jessie, lass, ye've been mista'en,
Nae leevin' could bide oot in sic a rain;
Ye're wat yersel', maist to the very skin,
Let me stan' here an' watch, while ye gae in;
If him I see, or ocht o' him hear tell,
I'll hasten to ye wi' the news mysel'.

Sweetly she thank'd him for his tentie care,
Syne, wi' a heavy heart, gaed up the stair,
Saw, by her mither's keen, uplifted broos,
That she was waitin' anxious for the news.

May saw at ance her bairn had been mista'en,
An' turn'd awa' her head to hide her pain.
" Mither," quo Jessie, while she kiss'd the tear
Frae aff her cheek, " Hae patience, mither dear !
O dinna, mither, let me see thee greet,
It was his voice—hoo waefu' ! yet hoo sweet !
Sae, dearie, dinna vex yersel', but rather
Rejoice, for by an' by ye'll see my faither !
Though gane the nicht, he may be here the morn —
Oh, gin he kent that here ye lay forlorn !—
But let us trust in God, as Edwin says,
We'll aiblins yet hae cause his name to praise."

" Whaur's Edwin ?   He'll be drookit thro' an' thro' !"
" I left him watchin' while I cam' to you—
But, hark ! I hear his fit upon the stair !
He's come to tell us faither isna there."
Sae in stap't Edwin, dreepin' wi' the rain ;
He'd watch'd an' socht ilk corner o' the lane,
" Nae doot, some puir unfortunate," he said,
" Had raised that cry as doun the lane he gaed.
Ah, Jessie ! dinna let thy heart deceive thee ;
Hoo strange to think the notion winna leave thee !
Depend upon't if 'twere thy faither dear
He'd gang to Auntie Maggie's first, an' spier ;
If sae, ye may be sure he'll sune be seen,
Sae, till the morn, I'll bid ye baith guid e'en."

Sae, giein Mysie's han' a hearty squeeze,
He ope'd the door, while Jessie wi' a bleeze
O' lowin' paper show'd him to the street,
Whaur, fondly gazing on her features sweet,
He for a blink, her han' held 'tween his twa,
As if wi' him he wad hae taen't awa',
Lingered as if he'd something else to say,
But only bade guid nicht, syne took his way.

CASTLES IN THE AIR.

THUS far advanced wi' oor eventfu' history,
We noo propose to clear awa' the mystery
Attendin' Willie's sudden disappearance.
Like mony mae, he hadna perseverance.
The talisman o' life is self-denial,
But somehoo Willie ne'er had gien't a trial,
Disheartened, douncast, wi' his sair disgrace,
His wife, nor Jessie, couldna think to face,
An' sae resolved at ance, to lea' the place.

In Newmilns, or in Ayr's auld burgh toun,
Wark micht be got till better times cam' roun',
Ayr an' Newmilns! weel kent by ilka scamp,
By ne'er-do-weels an' weavers on the tramp,
For drouthy customers an' " stanen' strokes,"
Bodies like Willie, when " upon the rocks,"
For what they wrocht, at least, gat meat and bed,
As for the rest, it a' for whisky gaed.

Forlorn an' wearit, Willie gat to Ayr,
Fell in wi' ane wha had a "wab" to spare,
Nor did he haflins work an' haflins blether,
But a' week lang frae morn to nicht did leather,
Resolved his lost position to retrieve,
An' ease his heart that constantly did grieve,
For them he had sae cruelly deserted—
His loving Jessie wad be broken-hearted,

She nicht an' day engrossed his ilka thocht,
Haunted his dreams even while he sat an' wrocht—
The pattern o' his wab he couldna trace ;
Nocht wad come up but Jessie's sad, sweet face.

An' what wad Mysie in her wrath be sayin' ?
Whaur wad they be ? an' what wad they be daein' ?
Will thocht she dootless had been sair to blame,
But to deprive her o' her cosy hame
Was punishment far mair than she deserved ;
'Twas *he* that frae the path o' richt had swerved.
But this, at least, nae ill had been intended ;
The deed was dune—the thing was, hoo to mend it.

First, he wad try to gather up some siller,
An', wi' the coach or carrier, send it till her ;
But sic resolves are easier made than dune,
For when the langed-for Saturday cam' roun',
He drew a denty pay for his week's toil,
Whilk, to his face, brocht back his wonted smile ;
His shopmates roosed him for his splendid wark,
Had never seen a man dae sic a daurk,
He weel deserved a "cawker" owre the heid o't,
After sic kempin he had mickle need o't.

Will, smilin', said, he had put in the pin ;
" For frien'ship's sake," they pled, " Jist only ane ! "
(Vile prostitution o' the sacred name)—
" An' syne," quo they, " oor ways we'll toddle hame."

Will couldna weel refuse, sae in they gaed,
Sat doun an' cracked aboot affairs o' trade ;
Wi' liberal han' they ca'd about the drink :
Will's generous soul expanded in a blink,
He wadna hae't be said that he was mean,
After they had to him sae freenly been.

Sae owre he rax't, an' gied the bell a reenge,
Whilk brocht the lan'leddy ben wi' a breenge ;
The cronies wink't—" Han' owre the stoup," quo Will,
" Hae, Lucky ! fetch us ben anither gill ! "
By this the drink, like barm, began to mix ;
The crack gaed on frae trade to politics—
Gill after gill o' barleybree cam' in,
Will's voice noo raise the loudest 'mang the din ;
Taxation, parliament, an' dissolutions
Drave clean awa' his noble resolutions.

Nor only sat an' drank till mornin' grey,
But daidl't at it a' the sacred day ;
When Monday cam' he hadna left a bodle.
Will didna care, for still within his noddle
The soul-deluding barleybree was reamin',
While, like a stell, his breath wi' drink was steamin' ;
A day or twa, he said, wad bring him roun',
Yet a' the while, he drank his care to droon.

Thus weeks gaed past, but 'stead o' siller savin',
For drink he only gat the deeper cravin' ;

Care wadna droon, but grew to perfect horror,
E'en in his wauken hours be shook wi' terror;
Shoeless an sarkless, pouch without a plack,
His bits o' duds jist fa'in' aff his back;
Ye wadna seen owre a' the face o' nature
A mair forlorn, dountorn, disjeskit creature.

But e'en upon the mirkest winter nicht
Some kindly star will shed its cheery licht.
Ae day he met in wi' a tramper body,
Wha had cam' through that day frae auld Kilwuddie.
Frae him he learnt his wife an' bairn were weel,
Hoo Auntie Meg had kin'ly gi'en them biel,
An' hoo they'd ta'en a hoose owre in the Calton,
Whose weel ken't laird, he said, was ane Tam Dalton.
Sae, if to Glasca' he e'er thocht on gaun,
He'd nocht to dae but spier for Dalton's lan'.

Will, in his heart, rejoiced to hear the news,
Whilk, for a day or twa, drave aff the blues,
Richt glad to think his lassie an' his dame,
Were in possession o' at least a hame;
Hope's bonnie star blink'd in his heart ance mair,
A' week he biggit castles in the air
That firmly stood till Saturday cam' roun',
When, wi' a crash, they a' cam' tum'lin' doun.

Ance mair he sat wi' drucken cronies boozin'—
Ance mair spent a' he'd won in deep caroosin';

Aye o' ilk company the maist uproarious,
Till through auld Ayr his name grew quite notorious.
At length his life grew fairly past endurin',
Vultures an' gleds aye seemed his heart devourin';
There micht be a hereafter, wha could tell?
But waur he couldna tortured be in hell!

THE MIRK JOURNEY.

AE day Will hied him to the banks o' Doon,
Resolved, in some deep hole, himsel' to droon ;
His May an' Jessie, noo, could leeve withoot him,
Brawlies he kent they didna care aboot him ;
Then suddenly cam' teemin' through his min'
The simple joys an' pleasures o' langsyne,
The blissfu' hours, the bonnie simmer days,
When his sweet Jessie to the primrose braes
He led, she lauchin' a' the while wi' glee,
Loupin' an' dancin' on the flowery lea.

Or when at e'en she lay within his bosom,
Dew-sprent wi' tears, like some wee faulded blossom :
Nor sweeter music ever filled his ear
Than the sweet accents o' her evenin' prayer—
Beginnin'—"This nicht I lay me doun to sleep,
I pray the Lord my precious soul to keep."
"Dear bairn," he cried, "O what wad I no' gi'e—
What years o' pain an' sufferin' wad I dree
For ae brief blink thy bonnie face to see !
Athwart my desert life's last closin' scene
Thou art the last remainin' spot o' green."

The mair he thocht, the mair his heart did yearn
For ae last look o' his belovèd bairn,

Plan after plan his heated brain revolv'd,
His better thochts prevail'd, an' he resolv'd
To march to Glasca' straucht that very day,
Though thretty weary miles before him lay;
Sae that his heart obtained the object socht,
The road, though twice as lang, he reckoned nocht.

But hardly half the road had Willie gane
When raise an unco storm o' wind an' rain.
'Twas dark December's short an' sunless day,
Darkness an' tempest held united sway.
Will didna care, led onward by the ray
O' deathless love, new kenilt in his heart,
Owre life's rough sea, his compass, guide, an' chart;
An' aye its object, as he drew the nearer,
He felt within, its leme aye burn the clearer.

Arrived, at length, in Glesca', drench'd an' droukit,
'Mang streets an' lanes, for hours he jink'd an' joukit—
Fand oot the place, at last, an' took his stan'
In a close-mouth forenent Tam Dalton's lan';
A laddie at the last by chance he'd got,
Wha kent the Waugh's, an' led him to the spot,
Show'd their wee winnock, whaur a ray o' licht
Fell slantin' on the raven wing o' nicht
As if to show him, by its kindly ray,
The spot where a' his earthly treasure lay.

As pious pilgrim views the holy shrine
That veils frae him his deity divine,

Sae, Willie on that steekit window wee
Wi' langin' expectation fixed his e'e.
Doun plash'd the rain, still louder rav'd the blast,
Will heeded na', nor kent the time gaun past,
For drenchin' rain, or storm, he didna care—
Aneuch to him, his angel bairn was there.

O joy ! he sees a movement in the screen,
The brods stan' wide, lichts dance afore his een,
There, by the fire-licht's bricht, unsteady gleam
He sees a face !   O God ! was it a dream ?
" 'Tis she !   Her fair, mild face, an' peerless form
Gazin' wi' thochtfu' e'e upon the storm !"
'Twas then, upon the blast, was heard that wail
That turn'd fair Jessie's cheek to ashes pale.

Nae sooner frae the pane the head withdrew,
Than doun the lane, like lichtnin', Willie flew ;
No' for the warl' wad he by them be seen
In sic a plicht, sae wretched, lost, an' mean.
His darlin' object gain'd, he took the road
Back to auld Ayr, his heart still blessin' God ;
Though, a' that day, he hadna tasted meat,
Even yet, he didna feel inclin'd to eat :
Thretty lang miles, an' mair, through storm an' rain
He tramp'd, yet neither felt fatigue nor pain,
Except a glowin' heat within his brain.

A' nicht he travell'd, but when mornin' brak,
His broo, wi' inward pain, was like to crack ;

Then a' at ance his strength began to fail,
His sicht gaed frae him, lips an' cheeks grew pale;
He couldna stan', sae wisely laid him doun,
Sune heavy slumber press'd his lids abune.

But fate ordain'd lang there he shouldna lie;
Belyve, the Glesca' carrier cam' by,
Saw on the road what seem'd a deein' man,
Sae kindly lifted him into his van,
Took him to Ayr, nor left him till he saw
His patient to the toun's-hoose borne awa'.
There, in a dangerous state, we're forced to lea' him—
Puir, luckless Will, we'll aiblins nae mair see him!
For his life's chance I wadna gi'e a bodle,
Sae back ance mair to Glesca' let us toddle.

DREAMS WHILES COME TRUE.

THAT nicht, nor May nor Jessie closed an e'e,
But blissfu' were the dreams o' Edwin Lee.
He fondly thocht he was at hame ance mair,
Enraptured, wandering by his native Ayr,
An' wha but bonnie Jessie by his side,
Wha'd sweetly gi'en consent to be his bride.
Then suddenly a change cam' owre the scene :
Ance mair they hurried through that storm o' rain,
For weary miles along a road thegither,
Wi' words o' comfort cheerin' ane anither.

Syne through his native toun he thocht they steer'd,
Whaur, anxiously, they for the lost ane spier'd,
Till, wi' a smile o' joy upon her face,
Jessie, he thocht, o' him had gat some trace.

Again that cry abune the tempest raise—
"O God! I thank thee! To thy name be praise !"
Still wonderin', Edwin startit frae his sleep,
Saw through the screen young day begin to peep ;
A' day, he wearit till the hour cam' roun',
When at May's cosy hearth he wad sit doun.

By Jessie's pensive look he saw at ance,
As weel as by her mither's eager glance,

That news o' Will they hadna yet received,—
That Jessie's heart her reason had deceived ;
Sae did his best their droopin' hearts to cheer,
Till Hope's wee star ance mair shone bricht an' clear ;
There, baskin' in the fire-licht's ruddy gleam,
He tell't, at least, a portion o' his dream.
Ae portion o't, as yet, he daur'dna tell,
Sae wisely kept that part o't to himsel'.

On dreams an' warnin's syne their converse ran,
Sic things, May thocht, were part o' Heaven's great plan
To aid puir mortals in their earthly journey,
Perplex'd an' wil'd by fiends at ilka turn aye ;
Dreams quite as wonderfu' she'd had hersel',
That afterward cam' true, as she could tell ;
Wha kens but Willie micht be workin' there—
An unco place for tramper folks was Ayr.

" O' dreams I'm no jist sure," quo Edwin Lee ;
" The way to test them's jist to wait an' see.
Meanwhile, a letter aff to Ayr I'll sen',
An' the hale story let my faither ken ;
Sune's he receives't, thro' Ayr he'll tak' a tour,
Ilk hovel, howf, an' weaver shop he'll scour ;
Sae, if the lost ane's in the toun o' Ayr
Ye'll sune hear word—o' that ye may be sure."
Wi' whilk arrangement oor three worthies parted,
Ilk ane mair than the ither hopefu'-hearted.

Lang, weary days gaed past on laggin' wing,
Ilk nicht cam' Edwin, but aye failed to bring
The looked-for letter they had long expeckit;
He thocht it strange—they couldna ha'e negleckit.
But letters then were subject to delays—
They didna flee in trains like noo-a-days;
Somethin' they kent o' letter-carryin' doos,
But nocht o' lichtnin' fleein' wi' the news.

At last, ae letter cam', an' syne anither.
The first put Edwin in an unco swither;
It offered him a splendid situation
To teach the higher kinds o' education;
The salary, a hunner poun's a year,
Forbye a hoose, an' a' the taxes clear.

The ither ane, he saw, was frae his faither
Containin' a' the news that he could gather.
After lang huntin' through the toun o' Ayr,
He socht at last the refuge o' the puir—
To whilk humanity is driven at last
To seek its shelter frae misfortune's blast.
There he had seen ane Willie Waugh by name,
Lying in bed, wi' sadly wastit frame,
Whaur he for three weeks at the least had lain,
Jist ravin' wud wi' fever o' the brain;
But, he was glad to add, was gettin' roun',
Yet seem'd sae waefu' like an' broken doun.

Thus far read Edwin, but could read nae mair;
Took three staps at a time gaun doun the stair;
Syne, like a hare whilk ruthless hound pursues,
He sped alang to tell the joyfu' news.
Mither an' dochter breathless while he read,
While tears o' mingled joy an' grief they shed —
Joyfu' to think his life to them was spared,
Waefu' to think hoo mickle he'd endured.

Up Jessie sprang, she could nae langer sit,
But wad be aff that instant on her fit.
" If ye're resolved," quo May, " I winna bode;
But, lassie mine, ye dinna ken the road !"
" I'll spier the road," quo Jessie; " never fear,
A guid Scotch tongue will lead ane onywhere."

Quo Edwin, " Jessie, dear, ye're surely jokin' !
The day sae short, the weather cauld an' broken;
In sic lowse times ye micht catch mickle scaith,
A cauld, at least, micht aiblins be yer death;
The coach to Ayr starts at the sax-hour bell
The morn; besides, I'm gaun the road mysel',
There for a while to mak' my habitation.
I've got the offer o' a situation
That promises, at least, mair warl's gear;
It's worth to me a hunner poun's a-year.

Mysie rejoiced to hear o' his guid fortune,
An' syne he wasna gi'en to drink or sportin',

To gather gear it was an openin' fine—
But what was warl's gear to peace o' min'?
Jessie at this hung doun her head a wee,
A tear unbidden dimm'd her bonnie e'e,
But clear'd her throat, an' said she wadna wait,
That very day she meant to tak' the gait.
Sae takin' Edwin's han', she thank'd him weel
For a' he'd dune their waefu' hearts to heal;
An' tho' sic kindness they could ne'er repay,
Their hearts wad bless him till their latest day.
An' sae they parted: he to his abode,
Jessie her mither kiss'd, an' took the road,
Promised belyve to sen' her speedy word,
To let her ken the lost ane was restored;
Sae aff she set, her bosom blithely beatin'
In expectation o' the happy meetin'.

The wee short winter day was cauld an' keen
As Jessie Waugh gaed skelpin' through the Green,
Sune left behin' the city o' Sanct Mungo—
Through Gorbals an' the clachan o' Strathbungo;
Syne Crossmyloof, an' on to Pollockshaws,
For "queer folk" famed, as weel as weavin' gauze;
But jist as to the latter she drew near
A hasty fit behind her she could hear,
When, turnin' roun' amazed, wha does she see,
But him she least expeckit, Edwin Lee!

He said, "Sin' she was firmly bent on gaun,
An' that her lane, the thocht he couldna stan';

If to his company she'd nae objection,
He wad, at least, afford her his protection."
"Object!" quo Jessie, wi' her sweetest smile,
"'Twill ease the road o' mony a weary mile."

Belyve, the short-leev'd rosywinter day
Gied place to darker shades o' gloamin' grey;
Frae theme to theme had flown their conversation,
At length 'twas a' about his situation;
When gradual grew his steps, mair solemn, slow,
While sank his voice to tones mair saft an' low.

He said—"Dear Jessie! sin' I gat that letter,
My mind's been troubled wi' anither matter,
The whilk, as ye've yersel' a feelin' heart,
To you as to a frien', I will impart;
To me a matter o' sic grave importance
As likely to affect my future fortunes.

In auld Sanct Mungo's smeek-polluted air
There blooms a bonnie lassie, sweet as fair—
Ah, Jessie! an' ye kent hoo weel I loo her!—
Hoo strong the gowden chain that draws me to her!"
Jessie hung doun her head, but didna speak,
The red an' white were shiftin' on her cheek,
Glowin' an' fadin', chasin' ane anither,
Like streamers* when they bode a change o' weather.

---

* The Aurora Borealis.

" Ive dearly lo'ed her noo for maist a year,
Yet never breathed ae word o't in her ear.
The cloud o' doubt noo darkens a' my future;
It's come to this—I canna leeve withoot her;
She's like yersel', as airtless, sweet, an' bonnie—
Her face, her form, were ne'er surpassed by ony;
She hasna gear, nor come o' gentle bluid,
Yet rich beyond compare! sae pure an' guid!

' Tell ye her name'?   Ah no! I daurna tell,
For dearest, sweetest Jessie! 'tis thy sel'!
O seal my fate! in bliss, or woe for life—
Say, Jessie! wilt thou be my ain true wife?"
Jessie said nocht; puir thing! what could she say?
Jessie did nocht; puir thing! what could she dae?
She felt hersel' a prisoner in his arms;
Gazin' in rapture on her blushin' charms,
While o' his happiness to croun the feast,
Her head lay pillowed on his manly breast;
Nae mair he pressed, his heart was noo content,
Owre glad to tak' her silence for consent.

Thus settled, an' event o' sic importance,
We winna wait to spae their future fortunes,
Nor to rehearse ilk sweet thing that was said,
Nor tell what vows ilk to the ither made;
But beg to warn ye, reader, though we're sorry,
That wearin' to an en' is this oor story.

Before the break o' morn, oor lovin' pair
Were slowly wendin' through the streets o' Ayr;
Edwin, wi' him, wad hae her to gang hame,
But Jessie said, her first, her only aim
Was to proceed at once to seek her faither;
Sae to the toun's-hoose they set aff thegither,
At whilk arrived, the porter led the way
Up to a room ca'd the infirmary.

Nae sooner in, than Jessie's lichtnin' e'e
Scanned ilka face, but his she couldna see;
Wi' trem'lin' voice, an' e'e dimmed wi' a tear
She spiered if ane ca'd Willie Waugh was here.
Edwin, meanwhile, had hiddlins frae his purse
A canny shillin' slippit to the nurse,
Wha tell't them, wi' a glimmer in her een,
That Willie Waugh had left the hoose yestreen;
There he had lain for weeks, he'd been sae ill,
On him the doctor had ware't a' his skill;
Whaur he was gaun to, them he didna tell,
'Twas jist a won'er if he kent himsel';
" But he'll cast up, belyve, the deil afears ! "
Puir Jessie turned awa to hide her tears.

Nae langer there did oor twa lovers wait,
But straucht to Edwin's faither's took the gait;
The auld man gied them baith a faither's welcome,
An' kin'ly left his wark himsel' to help them.

They ca'd at a' the howfs he'd socht before,
At lodgin'-hooses spiered, at least, a score,
But ne'er a word o' Willie could they hear,
Clean aff the scent, they kentna whaur to steer.

An' thus the day gaed past, an' nicht cam' on,
Still they kept seekin' for him up an' doun;
At last they stood before a lichtit entry,
Whaur twa douce workin' men were stan'in' sentry;
A flood o' licht cam' through an open door,
To whilk toun's folk were croudin' by the score.

Edwin spier'd what was a' the great sensation.
Ane o' them said it was the Inaguration
O' what was ca'd a Temperance Society,
Meant to put doun a' inebriety;
Nicht after nicht had cam baith youth an' age,
In crouds wi' joy, to sign the Temperance pledge.
Wad they no venture in to see the ha'?
The place, they said, was free to ane an' a'.

Edwin declin'd, an' turned to leave the place,
When, wi' a meanin' smile upon her face,
Saft whisper'd Jessie in her lover's ear,
"Let's in, dear Edwin, something we may hear
Frae ane or ither o' my faither dear."
Sae in they gaed, an' hadna weel sat doun
Till Jessie's een were glancin' roun' an' roun',

Peerin' sae wistfully in ilk ane's face
The weel-remember'd lineaments to trace ;
But to her questionin' look ilk face said Na !
Save ane, wha's face frae her was turn'd awa.

Like ane whase thochts are aff in distant lan's,
His broo lay claspit 'tween his thin white han's,
His hair was grey, his coat baith auld an' duddie,
He was, nae doubt, some puir drink-ruin't body.
In vain, she raxed her neck to get a keek ;
But noo the chairman had gat up to speak.

Wi' that the body gee'd his head a wee,
" That face ! " quo Jessie—" No, it isna he ;
An' yet ! "——She rose, her bosom wildly beatin',
An' syne her voice rang loud through a' the meetin'.
" At last, O God ! See, Edwin ! Edwin, here !
Speak, dearest faither ! 'tis thy Jessie dear ! "
Will was amazed, 'twas she, his bonnie blossom—
O thus to feel her sabbin' on his bosom !——
His tears alane evinced his deep emotion,
Whilk Jessie kiss't aff in her fond devotion.

Nae less the croud aroun' them were affected,
A scene sae tender nae ane had expected ;
Nor only womankind to weep were seen,
But buirdly men were forced to dicht their een.
The president, a courteous, kin'ly man,
Cam' owre, an' shook baith warmly by the han',

Syne gently led them frae the public ha'
Through a bit door that open'd in the wa',
That led to what they ca'd the waitin'-room,
Whilk happen'd at the moment to be toom,
There for a while he'd lea' them to themsel',
He kent they'd hae sae mony things to tell.

There Jessie, sweetly smilin' through her tears,
A thousan' questions at her faither spiers,
Amang the rest, if he on sic a nicht
Had been in Glesca', they gat sic a fricht,
When in his very tones, an eerie cry
Seem'd borne upon the blast alang the sky.
Willie confess'd, while Jessie archly smil'd,
Brawlies she kent she hadna been beguil'd !

Queeries frae Will as speedy followed ither,
As wha was Edwin?   Hoo was May, her mither?
Confess'd his leavin' o' her was inhuman,
But glad to learn she was an alter'd woman.
Through Edwin an' his bairn, Will saw at ance ;
He read their secret in the lovin' glance,
Rejoiced to think his angel's future weel
Was in the keepin' o' a decent chiel.
Edwin was nane the less weel pleas'd wi' Willie —
Pleas'd that he was nae selfish-hearted billie,
But still retain'd his manhood's better part,
A generous saul, a warm an' feelin' heart.
His future life wad sune redeem the past,
An' sae they'd a' be happy at the last.

CONCLUSION.

THAT Willie signed the pledge, I scarce need say,
An' wha but May hersel' appear'd niest day !
She'd taen the coach—the body couldna rest
Till Will ance mair she'd to her bosom prest—
Wi' her she'd brocht his suit o' Sunday claes ;
May ne'er had been sae happy a' her days.

Edwin soon enter'd on his new career,
An' to his heart took hame his Jessie dear.
Mysie looked maist as rosy as the bride,
While, like a king, sat Willie by her side.

For theirsel's twa a snug wee hoose was tane,
His hameart weavin' Will commenced again ;
The farmer's wives flocked to him roun' an' roun',
Frae windin' Ayr, an' braes o' bonnie Doon,
Till in their hoose they had as mickle yarn
As wad hae fill'd an ornar' farmer's barn.

Mysie was noo the angel o' his hame,
Submissive, meek, ilk day alike the same ;
Frae her ye ne'er wad heard a cankert word,
But did her best to please her lovin' lord.
That Being wha had shown to May her folly
When she lay ill, had dune nae less for Willie.

He too had felt the sunshine an' the rain
That to the contrite never comes in vain.

Noo, arm in arm, like newly wedded pair,
Ilk Sabbath to the kirk the twa repair.
After a while, wi' no' that little pressin',
Willie was made a member o' the session ;
Frae cursèd alcohol he noo abstains,
While mony ithers to the cause he gains ; .
An active part tak's in the Temperance movement,
Aye in the van o' progress an' improvement.

Still stanes an' fossils frae the burn he brings,
But Mysie kens the worth *noo* o' sic things.
Noo to her heart, his ferns, his flowers, an' fossils
Are sacred as the Acts o' the Apostles ;
In ilka object, noo, o' lower nature
She sees the wisdom o' the Great Creator.

But Willie's greatest bliss is noo to trace
His Jessie's ilka feature, form, an' grace
Sweetly reflected in wee toddlers twa
That climb his knee an' ca' him gran'papa.
An' thus we lea' them, wi' oor fervent blessin',
An' meanwhile frae their story tak a lesson ;
While, jist to mak' a kin' o' snod conclusion,
I'se sing to ye anither bit effusion
Oor hero made on his gran'dochter Kate,
A steerin' thing, an' onything but blate.

OOR WEE KATE.

Was there ever sic a lassie kent, as oor Wee Kate?
There's no a wean in a' the toun, like oor Wee Kate ;
Baith in an' oot, at kirk an' schule, she rins at sic a rate,
A pair o' shune jist lasts a month wi' oor Wee Kate.

I wish she'd been a callan, she's sic a steerin' quean—
For ribbons, dolls, an' a' sic gear, she disna care a preen,
But taps an' bools, girs, ba's, an' bats she plays wi', ear' an'
    late ;
I'll hae to get a pair o' breeks for oor Wee Kate.

Na, what d'ye think? the ither day, as sure as ony thing—
I saw her fleein' dragons wi' maist a mile o' string ;
Yer jumpin' rapes an peveralls, she flings oot o' her gait,
An' nane can fire a towgun like oor Wee Kate.

They tell me, on the meetin' nichts she's waur than ony fool,
She dings her bloomer oot o' shape, an' mak'st jist like a shool.
The chairman glooms an' shakes his head, an' scarce can keep
    his seat—
I won'er he can thole sic deils as oor Wee Kate.

But then, upon the gala-nichts, she's aye sae neat an' clean—
Wi' cheeks like ony roses, an' bonnie glancin' een—
An' then to hear her sing a sang, its jist a perfect treat,
For ne'er a lintie sings sae sweet as oor Wee Kate.

Forbye there's no a kin'er wean in a' the toun, I'm sure ;
That day wee brither Johnny dee'd, she grat her wee heart sair;
In beggar weans, an' helpless folk, she taks a queer conceit—
They're sure to get the bits o' piece frae oor Wee Kate.

Ae day, gaun to the kirk wi' me, she sees a duddie wean,
Wi' cauld bare-feet an' shilpit face, sit sabbin' on a stane,
She slips the bawbee in his han', I gied her for the plate ;
The kirks wad fa' an' folk were a' like oor Wee Kate.

For a' she's sic a steer-aboot, sae fu' o' mirth an fun,
She tak's the lead in ilka class, an' mony a prize she's won—
This gars me think there's maybe mair than mischief in her
     pate,
I wish I saw the wisdom teeth o' oor Wee Kate.

MISCELLANEOUS POEMS.

BESSY'S WEDDING.

AN OWRE TRUE TALE.*

It was a Scottish family,
  I knew its members well,
And loved them, too, as I do still—
  The name I may not tell.

The husband was a captain brave
  As ever sailed the seas,
The goodwife ruled her bairns at hame
  Like queen-bee 'mang her bees.

And like the busy bees that flit
  The heather blooms amang,
That mither an' her dochters fair
  A' day they wrocht an' sang.

---

* The particulars of this sad story I had from the mother herself
many years since.

And bien were theý; for ilka month
   Cam' hame the gowden fee
Frae him that loved them a' sae weel,
   Though far upon the sea.

And ilka year when gurly winds
   Gied place to sweet spring airs,
And snawy lambs amang the knowes
   Began to frisk in pairs;

When May put on her garb o' green,
   And birds began to woo,
Daisies to deck the dewy sward,
   And hedge-banks speedwells blue;

When lilts o' love the birdies sang
   Unseen amang the trees,
Our thrifty dame an' bairns set aff
   To snuff the saut sea breeze.

The humble cottage-hame they socht,
   O' grandeur couldna' boast:
A sea-side village was the scene,
   Weel kent upon our coast.

Wi' joy the mither's heart grew licht,
   To see her dochters fair
Exchange the lilies on their cheeks
   For health's red roses rare.

Hoo blithesomely the time flew past ;
   Their hamely tasks ance o'er,
They ranged the glens for flowers an' ferns,
   Or played upon the shore.

Wi' shells and pebbles frae the sands
   They pang'd their pouches fu',
An' deck'd their hair wi' maiden-thrift
   That 'mang the sea-wrack grew.

Yet aye the blithest o' them a'—
   Sae fu' o' mirth an' glee—
Was Bessy wi' the wavin' locks,
   Red lips an' lauching e'e.

O' hame the guardian angel she,
   The mither's joy and pride,
Her eldest bairn, the fairest flower
   In a' the kintra side.

Nor only beauty frae abune,
   Shone in her fair young face ;
Her ilka movement, look, and word
   Spoke modesty and grace.

The only laddie 'boot the hoose
   Was blithe wee Archie Dunn ;
Nae kith or kin o' theirs was he,
   But just a neebor's son—

Wha for a day or twa had come
    To breathe the caller air,
Enjoy their hospitality,
    An' a' their pleasures share.

They thocht it was but neeborly
    That they should him invete
To come an' share their simple joys—
    It wad be sic a treat.

Sic manfu' ways the laddie had,
    And bauld, although but wee,
His blithe young heart aye rinnin' owre
    Wi' laddie mirth an' glee.

To him it was an unco change,
    Frae Glesca's reeky dens,
To spiel wi' them the broomy braes
    An' range the rocky glens.

To watch the minnows in the burn
    Sail past in mimic shoals,
Keek into cosh wee nests for eggs,
    And poke the rabbits' holes.

Ilk ane to him, sae kind an' fond,
    To pleasure him sae fain,
Nae won'er whiles the mother said—
    "Hoots, bairns! ye'll spoil the wean."

Ae sunny mornin' a' were up,
  The wark gaun on like stour,
The halesome parritch on the fire,
  An' ready maist to pour;

When Bessy, wi' a wistfu' look,
  Stan's still on the fire-en,
An', wi' uplifted han's, exclaims—
  "Oh, mither, dae ye ken!—

"Last nicht I dreamed the queerest dream,
  An' sae I'll tell't to you;
I canna keep frae thinkin' on't—
  It seemed sae real an' true.

"I dreamt that I was marrit,
  An' ye winna guess wha till—
Ha! ha! sic nonsense, I declare
  A' day I'll lauch my fill— ,

"Nae man o' rank, nae merchant he,
  Wi' wealth o' worl's gear—
Nae sailor captain frae afar,
  But jist wee Archie here.

"Come here, ye rogue, my wee guidman,
  An' gie yer wife a kiss;
Gudesake, he's aff! that's a' he cares
  For me or wedlock's bliss."

"Daft lassie," quoth the mither, syne,
    "What's that I hear ye say?
Sic nonsense; marrit to a wean!
    I really think ye're fay."

"Losh, mither, bide ye still a blink,
    Till ance I've tell't ye a',
For sic a waddin' as we had
    Nae mortal ever saw.

"We werena marrit in the kirk,
    In hoose nor ha' were we,
But oot there on the gowany green,
    Beside the moanin' sea.

"An' sic a croud was gathered there,
    Wi' faces sad and wae,
No' ane o' them in bridal braws,
    But a' in sad array.

"An', stranger still, the minister,
    Nae mortal man was he,
But an angel frae the lan' o' licht,
    Wi' shinin' face an' bree.

"Nor was he clad in priestly black,
    But in a robe o' licht,
His left han' on my heid he laid,
    On Archie's placed his richt.

" An' fervently to God he prayed
   That He wad bless us baith,
While on his sad, sweet face there shone
   The lily hue o' death.

" An' when he bent to kiss my cheek,
   I waukent wi' a scream,
Richt glad to see the breakin' day,
   An' that was a' my dream."

The mither shook her heid, and said—
   " That's no' a canny dream,
But God kens best, whate'er betide,
   We'll pit our trust in Him."

Syne owre the weel spread breakfast board,
   They lauched and jok'd wi' glee,
Though Archie, for the life o' him,
   The fun o't couldna' see.

Sae oot he ran straucht to the shore
   His day's pranks to begin,
While Bessy an' the lave in-bye
   Could hear his mirthfu' din.

The hoose redd up, a' things made snod,
   The young folks socht the shore,
To jump an' rin or tak' their ease
   As they'd aft dune before.

By this time, Archie in the surf
   In native buff is seen,
Doukin' an' dancin' 'mang the waves,
   While they sit on the green ;

When a' at ance they hear a cry—
   " The bairn's in danger noo,"
Quo' Bessy, while swift as a bird,
   To Archie's aid she flew.

She dash'd into the dark green waves,
   Wi' them she baffled sair,
She reach'd—she claspt him in her arms,
   Then sank to rise nae mair.

The cry rang through the village street,
   " There's some ane in the sea ! "
Doun rush the croud, strong men rush in
   To save them baith or dee.

Owre late ! owre late ! is noo the wail,
   Their doom is past remead,
The twa are rescued frae the waves,
   But baith, alas ! are deid.

Yet bigger swells the gatherin' croud
   Before the cottage door,
As solemnly twa lifeless forms,
   Into the hoose they bore.

Firm claspit in ilk ither's arms
    They laid them on the bed,
The mither's heid sank on her breist,
    But ne'er a tear she shed.

Her grief sae great, hoo could she greet?
    Nor did she fent or scream,
But simply said, " His will be dune
    Wha thus reads Bessy's dream."

An' this was Bessy's waddin',—ay!
    As seen by mortals here,
But let us hope her bridal feast
    Was held in higher sphere.

————::————

RIVET JIM.

AN INCIDENT OF THE "DAPHNE" DISASTER.

Of all the sad calamities
    That fell upon our town,
Filling our hearts with dread that day
    The Daphne went down,
Poor little Jim, the rivet boy,
    His fate I most bewail,
And scarce can yet restrain the tear
    While I unfold the tale.

Well known to all within the yard,
　　Jeer'd by the would-be wags,
A youthful soul by Christ made clean,
　　Though outwardly in rags ;
And there amid the rivet boys—
　　That smoking, cursing crew—
Proclaimed the saving grace of God,
　　Christ's gospel, ever new.

And while the careless mocked and jeer'd,
　　And sought to do him wrong,
The faithful few around him stood,
　　A phalanx firm and strong.
Both fatherless and motherless,
　　No home save that on high,
Content he ate his scanty meals
　　In eating-house hard by.

So when that fatal Tuesday came,
　　At breakfast time that day,
He whispered to the landlady,
　　"I can't afford to pay
For milk, and so I think I'll take
　　My drop of porridge dry,
And with my penny buy two rolls
　　My dinner to supply.

"I'm going on board the Daphne,
　　That boat we launch to-day,

To work in her and have a sail
   While she is on the way.
She'll be the trimmest little craft
   E'er left our native Clyde;
Both men and masters look on her
   With pleasure and with pride."

The landlady, a kindly dame,
   With children of her own,
Replied, " All right, my little man !
   Though money you have none,
You'll get your drop of milk no less,
   Besides a bit of cheese
To roll up with your dinner piece,
   So keep your mind at ease."

He thanked her with a sunny smile
   Of gratitude and grace,
And soon on board the Daphne,
   He took his destined place.
And that was all she saw of him,
   Till, 'mid the wild uproar,
A bundle—seemingly of rags—
   Came floating to the shore ;

And 'mid the rags a wee white face,
   Two eyes by death made dim,
A tousie head nigh cleft in twain—
   The head of Rivet Jim.

Oh, God ! that we should live to see
    Such awful scenes transpire,
For lust of gain men risk so much,
    Regardless of Thine ire.

We will not weep for little Jim,
    Since he is happy now ;
The victor's crown the Saviour gives
    Now flames upon his brow.
And he has laid aside the garb,
    So tattered once and torn,
To don for aye the shining robes
    By saints and martyrs worn.

———— :: ————

THE PAUPER'S DEAD MARCH.

SOLEMNLY over the oaken floor,
Sounding along the corridor—
Sound, as of heavily hobnailed feet,
Marching along with rhythmic beat.
        Tramp, tramp, solemn and slow,
        Some one is dead, is all that we know ;
        While the sound echoes from ceiling to arch,
        All know it well—'tis the pauper's dead march.

Steadily, halting not, now they are here,
Four of them bearing aloft a bier ;
Who lies there all muffled in white,
Like a snow-wreath in the cold moonlight?
  Tramp, tramp—

" Only a pauper ! " that's all they say,
And he is the fourth they have carried to-day
Off to the " dead house," out in the yard,
Lifeless and cold from the hospital ward.
  Tramp, tramp—

Sorrow, nor sadness, not even a sigh
From the corpse-bearers as they pass by ;
" Only a pauper, better away—
Better die once than live here every day."
  Tramp, tramp—

Better be dead than live under a cloud ;
Thankful, at least, that they give us a shroud !
For once on a time, a shirt old and worn
For the pauper's last suit had to serve the turn.
  Tramp, tramp—

Where are the friends that should follow the bier ?
Children, relatives, not one is near ;
Pauper men carry him to his last bed ;
Over the grave no tear is shed.
  Tramp, tramp—

Pitiless Penury, stern and cold,
Hast thou no ruth for the frail and old?
Houseless and homeless, driven at last
Out to the street and the stormy blast.
    Tramp, tramp—

Driven to the " House" like felon accurst,
Poverty, Drink, ye have done your worst;
Calm as a king, there behold he lies!
Do angels rejoice when a pauper dies?
    Tramp, tramp—

Not even a separate grave for himself,
Side by side, like books on a shelf;
Lift up the boards and bury them low,
One o'er the other, row upon row!
    Tramp, tramp—

What does it matter? they are but clay,
Manure to raise for us acres of hay;
Had the sod rest, it would soon grow green,
And the daisy once more in its beauty be seen.
    Tramp, tramp—

What of the pauper's deathless soul?
Hath Heaven in reserve but the pauper's dole
For those who on earth sore tempted and tried
Are driven at last in the poor-house to hide?
    Tramp, tramp—

Ah, no ! God is just, while His goodness and love
Shed down from the throne of His mercy above,
Through Jesus our Brother, doth ever endure
And will reach even the lowliest child of the poor.
    Tramp, tramp, solemn and slow,
    Some one is dead, is all that we know ;
    While the sound echoes from ceiling to arch,
    All know it well—'tis the pauper's dead march.

———— :: ————

THE LANELY WEE HEN.*

OH, whaur are ye wan'erin' to, lanely wee hen?
An' whaur are ye daun'r'in' to, daidlin' wee hen ?
Awa' frae the haunts an' the dwellin's o' men,
I canna but think ye're a doited wee hen.

The morn is still row't in nicht's mantle o' grey,
In the east I jist see the first glint o' the day
As I trudge to my labour, when, lo ! ere I ken,
I see on the fit-path a lanely wee hen.

The ebony black is the hue o' thy wing,
Sae glossy thy neck, an' sae genty thy spring;

---

* However dark or cold the morning, the author is sure to encounter
this lonely little creature while proceeding to his work, and the strange
thing is, that though one of a flock of, at least, a hundred fowls, it seems
to hold little or no correspondence with the others.

Sae deft thy wee neb, an' sae gleg thy black e'e,
Nae morsel ye miss, be it ever sae wee.

Owre-bye in the farm-yard, an' no far awa,
I hear the hens keckle, the cocks loodly craw;
Amang them the mistress is showerin' the grain,
While you, ye wee yochil, are oot here alane.

Hae ye been divorced by the bauld chanticleer?
Or is't some auld hen in his harem ye fear?
'Tweel, the harem, at best, is but slavery's pen,
Degradin' alike to man, woman, an' hen.

Let roosters mair servile still keckle an' lay,
An' fecht like born-deils owre a grub or a strae;
As lang's ye've a neb, an' a nail to yer claw,
Ye'll gain yer bit leevin' in spite o' them a'.

But what will ye dae when the grund is like airn
'Neath the grip o' John Frost?   My wee frien', ye'll learn
That the maist independent hae whiles cause to rue
They didna mak' frien's o' the lovin' an' true.

I like independence in man, woman, hen;
What signifies wealth gin we barely but fen'?
Aye sweetest the bannock oor ain fingers win,
An' balmy the rest when the day's daurg is dune.

There's mony puir lassies like thee, my wee bird,
Sair toilin' for little 'mid sighings unheard,
Richt fain to sit doun at a hameless fire-en',
A thoosan' times waur aff than thee, my wee hen.

Uncourted, uncared for, they trudge oot an' in,
They fecht back temptation, they battle 'gainst sin ;
Unheeded the tears that fa' doon frae their een,
Except by the angels, wha watch them unseen.

Nae doot there are women, we a' ken fu' weel,
Wha, blest wi' a hame, an' baith tatties an' meal,
Wi' bonnie wee bairnies, an' weel-daein' men,
Yet haena the gumption o' e'en a bit hen.

To act the gran' leddy, an' strut oot fu' braw,
They rin into debt, syne to drinkin' they fa' ;
Tormentit, heart-broken, their men hae to flee,
While sad is the weird the wee bairns hae to dree.

The puirhoose, the prison, or aiblins the grave,
Owretak's sic vile hizzies wha winna behave ;
Blame a' but themsel's when there's nae mair to spen'—
Be thankfu', wee bird, that ye're only a hen.

Oh, that in my han's were the micht o' the law,
In some auld crazy boat I wad stow them awa',
An' sen' them adrift withoot rudder or guide,
To sink, soom, or droun in the depths o' the Clyde.

II

But to the puir lassie wha does a' she can,
I'd big a snug cottage, an' wale a bit man
To love an' protect her, an' a' his days spen',
In makin' life sweet to his faithfu' wee hen.

—— —— :: —— ——

THE TREASURES OF THE HEART.

I KNOW I own no boundless wealth,
　　With power the world to move,
Yet I have gold, and wealth untold,
　　In the hearts of those I love.

　　　While grass grows green beneath my feet,
　　　　And skies shine bright above me,
　　　I'll heave no sigh, for rich am I
　　　　In the love of those who love me.

I envy not yon chief of State,
　　Whose brow a crown adorns,
For often to the wearer such
　　Becomes a crown of thorns.

　　　While grass grows green beneath my feet,
　　　　And skies shine bright above me,
　　　I'll laugh and sing, and reign a king,
　　　　In the hearts of those who love me.

I draw no rents, I reap no fields,
  No lacqueys smirk and fawn
At my approach : no hirelings wait
  On me from dusk till dawn.

      While grass grows green beneath my feet,
        And skies shine bright above me,
      My castle, hall, estate, my all,
        Is the love of those who love me.

Ambition, fame, for these I've fought—
  How empty each when won !—
We gather gold, and find it dross,
  Then end where we begun.

      While grass grows green beneath my feet,
        And skies shine bright above me,
      I ask no more from ·Heaven's rich store
        Than the love of those who love me.

Would such as strive for earthly gain
  But take advice from me,
Far less of care, unrest, despair,
  Around us would we see.

      While grass grows green beneath my feet,
        And skies shine bright above me,
      I'll ne'er repine, but still recline
        On the love of those who love me.

And when life's fitful task is o'er,
   When grief's last tear is shed,
And angels bear my soul away
   To regions fair, o'erhead—

    With grass still green beneath my feet,
      And brighter skies above me,
    My greatest bliss will still be this—
      The love of those who love me.

———— :: ————

BIRTHDAY MUSINGS.

SAXTY an' ane years! Guidness can it be!
That here I stan' young-hearted, hale, an' free,
Playin' my pairt amang the sons o' men?
Juist nine mair years syne comes threescore an' ten,
The Bible limit o' oor pilgrimage,
When we maun boo the hoary heid o' age'
An' lay it doun in Mither Nature's lap,
While hirelin' han's the green sod roun' us hap,
Ford the dark stream, to reach that shinin' plain
Whaur we pit on the garb o' youth again.

Yet though I've reached my saxty years an' ane,
I feel as if jist ready to begin
Anither saxty—but fu' weel I ken
A few short years at maist will pit an en'
To this pair hurry-gurry o' a life—
Death's blessèd rest succeeds the toil an' strife.

But, sune or late, nae maitter, while I'm here
God spare to me the frien's that love me dear !
To cheer my heart wi' lovin' look an' word,
An' tak' their place aroun' my humble board,
Ance in the year, at least, the "cup that cheers"
To quaff, an' crack aboot the vanished years,
To grip my han' ance mair, to laugh an' sing,
An' mak' me feel far happier than a king.

Saxty-ane years, hoo swift they've seemed to pass,
Swift as the wind that bends the wavin' grass.
Hoo mony spring-times, wi' their buds an' flowers,
Simmers wi' sunny skies an' sultry hours—
Sweet musin's by mysel', by rock an' stream,
Wrapt for the time in Poesy's sweet dream—
Hae come an' gane? yet they hae left to me
At least the hallowed sweets o' memory.

Aft wi' botanic cronies in my train,
Scourin' awa owre hill an' dale an' plain,
Heedless alike o' scorchin' sun or rain,
Or snell March win', or nippin' April air,
In quest o' Flora's early gems an' rare.

To think hoo mony autumns hae flown by,
Wi' glowrin' hairst-moons sailin' through the sky :
The green rigs dotted o'er wi' stooks in raws,
Wee laddies thrang amang the hips an' haws,
While ominous croak'd the homeward-hurryin' craws.

An' then, sae mony winters I hae seen,
Through chokin' mists that bleer'd an' blin't the een,
Trees clad with cranreuch, east win's cauld an' bleak,
That sent me shiverin' to the ingle-cheek—
The hamely ingle-cheek, that cosy nest
Whaur lovin' hearts alane fin' peace an' rest,
Earth's lownest spot, in which we a' tak' pride,
For there is nae place like ane's ain fireside;
Nor peltin' hail, cauld sleet, or daudin' win'
Disturb the peace o' lovin' hearts within.

Come, then, thou wintry blast, an' bend the trees,
An' wi' their leafy treasure strew the leas—
Ah, Robin! thy sad sang ance mair I hear,
Ilk day less shy, ilk day thou com'st mair near,
Foretellin' still the nichtfa' o' the year!
I hear it in yon soughin' waterfa',
The moanin' win's that sabbin' roun' me blaw,
Remindin' me that to this cosy biel'
I sune maun bid a lang an' last fareweel,
For when ane's heid is pouther'd owre wi' snaw,
Be sure life's closin' scene's no far awa'.

But after nichtfa' comes the smilin' dawn,
Ance mair the merle rings music owre the lan';
Buds tak' the place o' last year's vanished leaves,
An' gowans glint whaur grew the gowden sheaves.
An' shall frail man the ae exception be?
Life's joyous spring-time shall he nae mair see?
Avaunt the thought! while God an' heav'n endure,
The soul's returnin' spring is nae less sure.

OUR HOME IN HEAVEN.

Eye hath not seen the beauty of that land,
 Ear hath not heard its songs of pure delight,
Heart hath not felt, nor can we understand
 The joys that thrill each bosom day and night.

Fair scenes there are on earth, in every clime,
 Amid all lands, fair even in our own,
The glen among the hills, the odorous thyme
 Red blushing on the hill-side bare and brown.

The brooklet's bed with shining pebbles strewn,
 The drooping leaves hung tremulous o'er the stream,
Huge rocks high-piled, as if by giants hewn,
 Nature's grand altar where her lightnings gleam.

The cloud-capp'd mountain with broad shoulders bared,
 To meet the blast of every storm that blows;
High overhead the stars keep watch and ward,
 While far below in dew-bath sleeps the rose.

All these are beautiful, the sounds we hear
 Amid such scenes still join with sweet accord,
To swell the pæan, glorious to the ear
 Of him who worships Nature's God—the Lord.

All are but fragments of one mighty whole,
 Faint shadows of the glory yet to be,

Sweet foretaste of the future of the soul,
    For what were heaven without the things we see?

Grey rock, green field, and lush umbrageous tree,
    Wee burn, and ferny dell, and waving wood,
Sweet flower, and singing bird, and humming bee,
    And bosky nooks for dreamy solitude.

Yet all are shadows, heaven alone is real—
    Reflections thrown by substance in the skies;
What though they fade? no less the bright ideal
    Remains in that fair land where nothing dies.

There kindred souls, by grace made pure and sweet,
    Forget the sorrows of their mortal state;
And loving hearts long sundered rapturous meet
    With love's o'erflowing happiness elate.

Nor in that land will earth-born pilgrims feel
    Like some in other climes when forced to roam,
For Christ the Lord to each there will reveal
    The Father's heart, and lead them safely home;—

Home to the golden city far away,
    Home to the Father whose great name is Love,
To bask for ever in that beauteous day
    Of life unending in the world above.

TO JOHN FROST.

Od, man, are ye here again, John Frost?
  An' dinna ye think it a sin
To snack yer teeth through my auld grey breeks,
  E'en nippin' the very skin?

Od, man, hae ye nocht to feast upon
  But puir folk's flesh an' banes,
Wee birds that coor in the lowne o' the hedge,
  An' the bare feet o' the weans?

Awa, man, an' snap up the crinklet leaves
  Still clingin' to yonder tree,
An' ye'll aiblins fin' a gowan or twa
  Yet smilin' upon the lea.

Nae doot, this will be the time o' the year
  When ye get yer holidays,
But for a' that ye needna whup aff ane's nose,
  Nor bite off the bairnies' taes.

Ye're surely a tory at heart, John Frost,
  Or the rich folk ye wadna spare,
As they sit by the fire on the saft settee,
  Or loll in the easy chair.

That ye hae a cruel heart, we ken,
  Forbye, ye're a cooard as weel,

For ye wreak oot yer spite on the helpless and frail
   Wha crouch in a fireless biel'.

We'd fain keep ye oot wi' a wisp at the door,
   An' stap ilka crany an' bole,
But yer knife-like neb aye cuts its way in—
   Yer breath through the open key-hole.

Ye're amaist as bad as the lairds, John Frost,
   Far awa' in the Hebrides,
Wha drive their puir folks to the clefts o' the rocks,
   An' the fury o' Norlan' seas.

Od, man, ye hae muckle to answer for,
   Sae the best thing we can dae,
Is to sen' ye the Crofters' Commissioners
   To hear what ye've gotten to say.

There's the chief o' oor clan, Sheriff Nicolson,
   Wi' the strength o' the oak in his arm,
An' a kindly glow on his manly face
   That the cauldest heart micht warm.

Ye'll squeel as loud as the Duke o' Argyll,
   An' ye get him on yer tap ;
An' Fraser, the bauld, in spite o' the cauld,
   Will gie yer knuckles a rap.

Or aiblins a breenge frae oor big kirk guns,
    Your Borean pride micht lay ;
While the men o' Strome should paik ye weel,
    For yer pranks on the Sawbath day.

Nae doot, like oorsel's, ye've yer wark to perform,
    At this cauld time o' the year,
But while ye inflict—at soothing the pain
    Ye haena the knack, I fear.

E'en Doctor Death, wi' his lance sae keen,
    Tak's pity upon oor pain,
But on you an' yer icicle-spears, oor tears
    An' prayers alike are vain.

Yet after a' that I hae said, John Frost,
    We wadna dae ye ony harm,
But gie ye oor love an' benison
    Yer ain cauld heart to warm.

But first o' a', John, ye'll hae to repent
    An' draw in yer horns awee ;
While o' that—i' yer lug, ye all hoary humbug—
    Yer absence the best pruif wad be.

MY AIN LAMMIE-LOO.

A SANG FOR WAUKRIFE WEANS.

O HUSHABA, my bairnikie,
    An' steek thae twa blue een,
An' ye'll get faither's benison
    When he comes hame at e'en,
For ye are daddie's dautit wean,
    Yer minnie's cushie-doo—
Then cuddle in my bosikie,
    My ain lammie-loo.

O fie! awa', ye Boosey Man!
    It's you we dinna fear,
An' gin ye're after waukrife wean,
    Ye'll no fin' ony here.
For Johnnie, he is sleeping noo,
    Like flow'ret 'mang the dew,
Sae cuddle in my bosikie,
    My ain lammie-loo.

The bonnie spring will soon be here,
    An' ye'll rin oot an' see
The wee white gowans 'mang the grass,
    The lammies on the lea.
For ye are daddie's dautit wean,
    Yer minnie's cushie-doo—
Sae cuddle in my bosikie,
    My ain lammie-loo.

Kind Heaven protect the bairnikie,
 An' be to him a frien',
As Ye to my guidman an' me
 Through life hae ever been.
O fauld Thine arm aroun' the bairn
 That's sweetly dreamin' noo,
An' mak' him Thine, as he is mine,
 My ain lammie-loo.

———::———

THE TICK-TICK.

A RHYME FOR THE BAIRNS.

COME awa' to grandfaither, Charlie, my doo !
Hae ye fa'n, puir wee man, an' hurt yer wee broo ?
Fye, awa', nasty rug ! trippin' Charlie's feet ;
Sic a daud the flair gat, yet it disna greet.

Let me kiss awa' the pain ; there noo, it's weel ;
See pussy on my knee, wantin' to spiel ;
Charlie he'll be first though ; come, my dautit wean,
Come an' see the tick-tick wi' its gowden chain.

Haud it to thy wee lug, noo to the ither—
Clara, ye're to come an' hear, sae is yer brither ;
Edith, ye're to come nae less, mam and daddy tae,
A' maun hear the tick-tick ere to bed we gae.

What's that yer sayin' noo?   Dolly, haud yer ear !
Losh me ! she wants the heid—hoo can she hear ?
Never min', bring her ben ; dae the best she can—
A penny for thy thochts, noo Charlie, my man ?

Wonder in that wee face plainly tells me
There's something in the inside ye want to see ;
Is't some wee beastie : hoo gat it in ?
What gars the han's gang?   What mak's the din ?

There's a wheel within a wheel, Charlie, my man :
What the e'e canna see it's hard to un'erstan' ;
In the warl' I hae been auchty years e'noo,
Yet there's mony things in't I dinna weel see through.

Tick, tick, short han', tell us the hour ;
Tick, says the lang han', half-past four ;
Gallop, gallop, wee han', wanrestfu' thing !
Like a pownie prancin' roun' aboot a ring.

Charlie's gaun to fa' asleep ; pit the tick awa'
Into it's cosy pouch—tick's bedie-ba ;
Kiss us a' roun' aboot, in yer wee nicht-goun,
Steek yer e'en, that's a man ; noo he's sleepin' soun'.

SONG—BE KIND TO PUIR BODIES.

BE kind to puir bodies, an' aft wi' them share
The bit an' the brattie that ye hae to spare ;
Nor frown when ye meet them, but aye let them see
That ye own them as brithers, though low their degree.
For the Faither abune us in mercy still yearns
To bless e'en the warst o' his puir feckless bairns;
Then be kind to puir bodies, an' aye let them see
That ye own them as brithers, though low their degree.

Doon bye, in yon big hoose, what scenes I hae seen—
Whaur puirtith drives mony puir bodies, I ween—
Puir women left widows, an' bairns orphans made
By the fell han's o' death or disease heavy laid.
Nae doot they're to blame, some o' them wha gae there,
But the best o' us fail, an' the faultless are rare ;
Then be kind to puir bodies, an' aye let them see
That ye own them as brithers, though low their degree.

But a sadder misfortune, I'm wae, wae to tell,
Is that o' puir bodies wha arena themsel'—
Bereft o' that gift that mak's kings o' us a',
They droop like the flowers when the nicht-shadows' fa';
Then, oh ! dinna lichtly the queer things they say,
For the angels are wi' them by nicht an' by day;
Then be kind to puir bodies, an' aye let them see
That you own them as brithers, though low their degree.

BLYTHE SIMMER A' THE YEAR.

THE wind blaws cauld wi' eerie sough amang the leafless
    trees,
A' deid an' dowie lie the flowers that decked the dewy leas;
Yet what o' that? though on the yird the leaves lie broun
    an' sere,
Within the breist, whaur love abides, it's simmer a' the year.

The waters o' the wimplin' burn John Frost has turned to
    stane,
When mornin' comes what sichts we'll see upon the window
    pane;
For John, the cunnin' artist, kens the object we lo'e dear,
Sae does his best to bring about blythe simmer a' the year.

Weird shapes he draws o' phantom flowers, the green earth
    never grew,
Weaves skinklin' robes o' cranreuch lace to cleed the wuds
    anew.
Meanwhile, abune the mist-hung hills fair Hope her bow
    doth rear.
While in her fitstaps we may trace blythe simmer a' the year.

At e'en we hae the cheerie hearth, whaur by the dancin'
    lowe
We watch the antics o' the bairns—the fairest flowers that
    grow;

Their rosy cheeks an' hinnied lips, far mair than warld's
    gear,
Bring pleasure to our hearts, an' mak' blythe simmer a' the
    the year.

Forbye we hae the lan' o' dreams to wander in unseen,
When balmy sleep wi' kindly han' has closed the weary
    een—
When voices o' the loved an' lost fa' sweetly on the ear,
Oor sorrows a' tak' wing, for there it's simmer a' the year.

Yestreen I dreamt the Spring had come, I saw the primrose
    fair
Sweet bloomin' on the mossy bank, an' scentin' a' the air,
While birds abune sang joyously the dreamer's heart to
    cheer,
An' aye the burden o' their sang was—"Simmer a' the year."

There snawy-hued anemones were nestlin' in the wuds,
The hazel wav'd its tasseled flowers an' bonnie crimson
    buds,
For there the fields are ever green, the skies are ever clear,
To him at least within whase briest is simmer a' the year.

We think o' heaven as far awa', its scenes beyond oor ken,
An' yet its music may be heard at lowliest fire-en';
An' mony hearts there be wha get a foretaste o' it here,
Its glories see, and bask like me in simmer a' the year.

12

BACHELORHOOD VERSUS *MATRIMONY.*

OR THE CLOCK AND THE BELLOWS.

THERE's truth in the auld sayin'—as experience can tell—
That " hearkeners but seldom hear a guid word o' them-
sel' ; "
Even when twa neebor gossips meet, wi' clashin' tongues
accurst,
To rip ane's character to rags, they tak' the failings first.

But when folk stan' at neebors' doors inquisitive to hear,
They weel deserve a random prog frae scandal's venom'd
spear ;   [hole ;
It's no for ony guid they come an' keek through ane's key-
But in a bodie's ain hoose, siccan things are hard to thole !

Ae simmer nicht—the fire shone bricht, the ribs were like a
kiln,
Jist after I had ta'en o' brose an' guid sweet milk my fill—
But whether 'twas the book I read, the sweet milk, or the
brose,
It matters nae—but in my chair I fell into a doze.

The lamp gáed oot, the fire grew laigh, a' roun' was silence
deep,
An' yet for a' sae snug's I felt, somehoo I couldna sleep ;
Then, by an' by, I seemed to hear a sough o' risin' win',
As if to blaw the fire themsel' the bellows had begun.

Astonishment sae held me doun, I tried, but couldna stir,
When somethin' in my wee Swiss clock began to whiz an'
    whirr.
An' syne in words the soun's took shape, in clinkin' verse
    they ran—
In earnest colloquy the twa, alternate, thus began :—

BELLOWS.

Haud still a wee, auld waggity! the maister's sleepin' soun',
I ken when frae his han' I see the book fa' birlin' doun :
I like to see the bodie sleep, it speaks o' soothing rest,
For mortals in their waukin' hours, they say, are seldom blest.

I'm wearit hingin' here my lane, on nail beside the jam,
Like some auld fiddle wantin' strings, or reekit braxy ham,
Wi' naebody to speak to me, no' even a cat or doug,
While you wi' everlastin' tick, ye never fash yer lug.

It canna be a pleasant thocht—noo that he's getting auld—
To come hame to a fireless hearth, a hoose sae dark an'
    cauld—
The bed to mak', the flair to soop, to kin'le his bit fire,
His wee bit hoosie, at the best, as tousie as a byre.

I won'er what he wad ha'e dune had it no been for me,
To blaw his fire, an' sen' the lowe up dancin' owre the swee ;
O then to see hoo blythe he looks, it's a' the bliss I ha'e,
An' whiles I think mak's up for a' the sorrows o' the day.

Sae close he steeks the window brods, ane canna see the
    gleam
O' gowden day unless a ray come glintin' through the seam ;
My very heart within me fails ilk morn when he gaes oot,
A cauldrife shiver owre me creeps doun to the very snout.

Anither sort o' hame 'twad be had he some thrifty quean
To mak' his bed an' warm his heart wi' her love-lichted een ;
Depend upon't, my wee Swiss frien', the sum o' human life
Is to possess, at ony cost, a jewel o' a wife.

CLOCK.

O haud yer whist, ye silly gowk ! ye've nae richt to com-
    plain,
Oor maister has sae pettit ye, ye're waur than ony wean ;
Nor tho' ye were his only bairn could ye be better nursed,
Till noo, wi' sloth an' idleness yer very life is cursed.

It's no'—ye'll min', that I'm exposed to hardship or neglect ;
No, Guid be prais'd ! he treats *me* aye wi' honour and re-
    spect ;
I tak' the owre-sicht o' the hoose, his treasurer o' time,
An' measure oot the moments, as he measures oot his rhyme.

A wife ! a wife ! is a' yer cry ; the creature's fair gane gyte—
Some randy-guid-for-naething slut to roar an' rant an' flyte—
Wha's rauckle tongue frae morn till nicht wad like a clapper
    gang,
An' in her tantrums, to the wa' whiles fling ye wi' a bang.

Ye talk o' thrifty, scourin' wives ! ye'll scarce fin' sic a thing;
Sic wives are no' the fashion noo, frae earth they've a' ta'en
    wing;
A servant noo maun dae the wark, the *mistress* tak' her ease—
But gi'e her a piano-forte she'll rin ye owre the keys—

Kens half a dizzen languages, yet canna spell her ain,—
Deep read in science, she can tell a fossil means a stane;
But set her to a washin'-tub, or doun to scrub a flair,
She'd skirl awa' into a fit or fent clean aff her chair.

Sae haud yer tongue ! auld puff the win', be thankfu' ye're
    sae weel,
An' thankfu' be ilk day—*like me*—ye hae a maister leal;
The greatest bliss o' clocks an' men springs frae a life weel
    spent,
And e'en a bach'lor's bellowses should learn to be content.

BELLOWS.

It's easy, freen', for you to speak ! wha can divert yoursel',
Ye ha'e yer pen'lum aye to wag, yer hammer an' yer bell;
While I ha'e naething to amuse, no' e'en a breath o' win',
Till maister tak's me by the han' at e'en when he comes in.

Noo were he blest wi' a sweet wife—for I maun still maintain
The greatest bliss a man can ha'e, is in a wife an' wean—
She'd keep the hoose aye in a steer, an' aye a cheery fire,
While on her knee richt cosily I'd blaw me till I'd tire.

The bairnies playin' on the hearth, or sportin' roun' her knee,
Their ringin' lauch like siller bells wad keep the hoose in glee;
The life o' kindred sauls when wed is heaven on earth begun,
The hame that wants dear woman's smile's a worl' without
 a sun.

I grant that 'mang the middle-class, the wives are owre
 genteel,
But sic are no' for workin'-men, an' that ye ken fu' weel !
Puir workin'-lasses haena time for ony sic like sport,
The washin'-tub or pirn-wheel is their piano-forte.

Puir things ! *they're* no' oppress'd wi' lear; they're no lang at
 the schule
Till they maun trudge awa' to work in warehoose or in mill;
An' though e'en to the marriage bond they canna sign their
 name,
They mak' guid through-gan' wives nae less—sweet dears !
 they're no' to blame.

CLOCK.

Ay, e'en the lasses noo-a-days wha marry workin'-men
Tak' ne'er a thocht, when they get wed, but hoo to waste
 an' spen';
A twal-pound rent noo they maun ha'e, wi' twa braw furnish'd
 rooms,
But whaur the siller's to come frae, they never fash their
 thooms.

A sofa for their lazy sides, noo naething will dae less—
Their trailing skirts, their velvets, furs, an' faldarals o' dress,
Their jail-bird looks—wi' short cut hair—their waists like
    ony wasp's,
Nae won'er that in kirk or croud for breath ilk fair ane gasps.

Then, camel-like, sic humps they wear upon their hinderend,
To form what Nature never meant—an' that's the Grecian
    bend ;
An' should the man but say a word, she'll runckle up her nose,
Syne gie her head a saucy toss, an' bid him mind his brose.

She lies till aucht (whiles nearer nine) like ony lazy drone,
Then, when at len'th she wauchels up, her claes she hud-
    dles on,
An' ere she gets the pat to boil, she wastes as mony sticks
On ae bit fire as ony carefu' quean wad dae on six.

Her man, as punctual as *mysel'*, comes in exac' at nine,
But sic a mess o' scouthart meal ! fit only for a swine ;
Puir chiel ! he's glad to scart them oot to keep him on his legs,
But ance he's oot her *leddyship* maun feast on ham an' eggs.

Then 'stead o' snoddin' up her hoose, she busks her kind o'
    braw,
An' to ilk neebor in the lan' she gies a freen'ly ca' ;   [wink
They praise her dress, her hoose, her gear, while paukily they
Ilk to the ither, while she sen's oot for a drap o' drink.

Then Scandal wags her wicked tongue, the clash gaes freely
    roun';   [doun ;
Meanwhile they manufacture lees wad bring a judgment
Thus, bit by bit they bring her in, till she's as bad's the lave,
And ten to ane she dinna fa' into a drunkard's grave.

An' as for weans, I ne'er could thole sic clatty steerin' things,
They'd ding my pen'lum aff the hinge, and harl my very
    strings ;
O' you they'd mak' a hurly-cart, an' kytch ye owre the flair—
I wish ye had ae week o' them ! ye wadna grien for mair !

Oor ain dear maister tak' a wife ! he'll ne'er be sic a fule,
Na, na, they pay owre dear for lear in matrimony's schule,
Sae wi' yer praise o' woman-kind nae langer me molest,
A life o' single blessedness, depend on't, is the best !

BELLOWS.

Guid pity on the lovely dears ! an' men were a' like him
The worl' wad be a wilderness, deserted, cauld an' toom ;
We'd hae to steek its windows up, an' 'bune the door-head get
A brod to tell the planet folk we had a worl' to let.

But hark ye weel, auld ting-a-ling ! ye're no' unlike himsel',
A narrow-hearted selfish thing, as ever was heard tell ;
Ye're baith sae used wi' bach'lorhocd, an' gane the gate sae
    lang,
Like heathen folks wha boo to stocks, ye dinna ken it's wrang.

In time o' health, it may be fun to lichtly wife an' wean,
But wait till sickness lays him doun upon a bed o' pain;
When there's nae couthie kindly han' to wipe his clammy
    broo,
Nor mak' the needfu' cordial to wet his burnin' mou'.

Nor only wi' her woman's han' to lichten his distress,
But a' an angel's tenderness to soothe, caress, an' bless;
O it will be an awfu' thocht, when he lies doun to dee,
That nae saft lips are there to kiss—nae han' to close his e'e.

I kenna if it's want o' wit, or want o' heart, or fear
That the expense wad mak' a hole in his weel-hoarded gear,
Or whether 'tis he's gettin' auld—for 'tweel he's growin'
    grey—
I rather think it's want o' pluck, lest he should be said nay.

I sometimes think—I may be wrang—the bodie's scarce
    himsel',
But somewhat crackit in the heid, jist like yer ain auld bell;
But keep yer temper, my wee freen', tho' you should preach
    a' nicht,
I'll stan' my ain for wife an' wean! I ken I'm in the richt!

CLOCK.

Ye're in the richt!—of coorse ye are!—an' I'll be in the
    wrang;
Say that again! I'll heave at ye my wechts wi' sic a bang!

I'll learn ye hoo to speak to them that's better than yersel'—
Ye'll ha'e the baseness to cast up to me my crackit bell!

Ye micht be thankfu' that ye ha'e a steady freen' like me,
Wha dae my best baith day an' nicht to bear ye company :
But 'stead o' thanks, ye gi'e me still the warst names ye
     can ca',
The mair a bodie does, the mair *their back's held to the wa'.*

But though the maister took a wife, an' brocht her hame the
     morn,
D'ye think she'd keep a thing like you, sae braithless, auld,
     an' worn ?
I'll keep my credit an' my place, whatever may befa',
But you for whitnin', or for saut, wad soon be swapt awa'.

———

But ere the bellows could reply—to end this wordy war—
I startit to my feet, an' flung the window-brods ajar ;
An' lo ! owre a' the kindlin' east the young Aurora blushed,
I listened for the sounds again, but a' was saftly hushed.

I lay an' listened in my bed, but ne'er a ane played cheep,
Though ance I thocht I heard the bellows sabbin' in my
     sleep ;
Sometimes I rue I didna wait that nicht to hear the rest o't,
For to this day I canna say whilk o' them had the best o't.

THE WEE SWISS CLOCK.

I'LL croon ye a sang aboot an article richt sma',
A wee auld-fashioned waggity that clicks against the wa',
The cantiest, the jauntiest, o' a' my household stock,
A wee conceit, a perfect treat, a wee Swiss clock.

O, I'm a bachelor bodie, in a wee hoose, a' my lane,
Wha ne'er kent the pleasure o' a wifie or a wean ;
O, I hae milk, an' I hae meal, an' taties in a pock,
But nane to speak a couthie word except my wee clock.

Awa' wi' a' yer cankert wives ! yer greetin' weans, gae wa'!
'Twad tak' a langer purse than 'mine to keep sic bodies braw !
Yer wife maun hae a satin gown, wee Jeanie a new frock,
But ne'er a maik it costs to cleed my wee Swiss clock.

As merry as a cricket, while as musical its tones—
Nae auld clumsy codger like yer dreary aucht-day drones ;
Its wee bit face ye'll scarcely see 'twixt flee-dirt and the
    smoke,
Yet ne'er the less it wags awa', my ain wee clock !

Its wee fairy pendulum sae waggishly it flings,
While early in the morning it rumbles and it rings—
As if it said, "Get up, ye loon ! like ither decent folk,
And aye keep waggin' at yer wark, jist like yer wee
    clock."

And when I sit me doun at e'en to croon me owre a sang,
By my ain cosy fire when the nichts grow drear and lang;
Patchin' up my auld breeks, or darnin' at a sock,
I aye tak' the key-note frae my ain wee clock.

There's something in the human heart that cleaves to meaner
  things,
Than ivy to the ruin'd wa' mair lovingly it clings—
There's room within the lovin' heart for a' the human flock,
Forbye an orra corner left for e'en a wee clock.

O mony a winter's weary nicht, when lyin' a' my lane,
The win's roarin' doun the lum, while plashin' fa's the rain,
Wi' naething yont me but the wa', and nae ane at the
  stock,
I'm thankfu' o' the company o' e'en a wee clock.

It's no—keep mind—that I repine, or think mysel' ill-used;
Dame Fortune's gifts e'en when possest are aften sair abused;
Far better wi' an' empty hoose than fu' o' cankert folk,
Wha haena half the sympathy o' e'en a wee clock!

But O, I kenna what I'll dae, should my wee clock gae
  wrang;
When I dinna hear its blithsome "tick," I'll sing anither
  sang—
I'd hae to get a wifie then, tho' that wad be nae joke,
But even then I couldna want my wee Swiss clock!

BLOW THE FIRE.

A HOME DITTY.

BLOW, bellows, blow !
And make a rousing fire.
O there's no delight, by day or night,
Like a roaring, rousing fire !

Hark the blazing sticks,
How they crackle and roar !
Now there is one gone off like a shot—
It has struck the pantry door !
Now the coals have caught,
I know by the wreathing whirl
Of the dense grey smoke to the chimney's throat,
Climbing with upward curl.
Blow, bellows, blow !

Now they're all in a blaze—
Smoke, and faggots, and coal !
The startling shadows are melting away
Into each crevice and hole !
Now out, now in, they leap,
As the bellows rise or fall ;—
Over the floor, now under the bed,
Now dancing on the wall !
Blow, bellows, blow !

Now the books on the shelf
Are brightening in the glow,
While the cups,and cans of homely delf
Are smiling all in a row.
Squatted upon the hearth
Sit Jeanie, Jack, and Bill,
Watching with ever-increasing mirth
The flames ascending still.
Blow, bellows, blow !

How eagerly they trace
Bright faces through the bars ;
Hurrah ! there went a shower of sparks—
A galaxy of stars !
Now, fill the kettle up ;
There, now 'tis safely on—
Sitting erect upon the bars,
Like queen upon her throne !
Blow, bellows, blow !

Now, Jeanie dear, make haste ;
The cloth you well can spread ;
And while you run to fetch the cream,
Willie will toast the bread.
Hurrah ! what a roaring fire !
The kettle begins to sing !
Anon the lid will clatter and dance ;
The tea-pot then you'll bring.
Blow, bellows, blow !

Sweet as the breath of even
  Bohean odours rise,
Like incense from the altar flame
  Of costly sacrifice.
    Now lift the kettle off!
  Put, Jack, that poker down,
Go meet your father in the street,
  While I throw on my gown !
      Blow, bellows, blow !

Now, while I sweep the hearth,
  You, Willie, light the gas,
(I wonder if my hair be smooth,
  I'll peep into the glass).
    Draw in your father's chair !
  Pile up both buns and toast !
(I'll have a new rug for his feet,
  I care not what it cost !)
      Blow, bellows, blow !

I hear his well-known voice !
  O how my bosom warms !
I hear them shouting on the street
  To get into his arms !
    O more than earthly bliss
  To erring mortals giv'n ;
Where heart to heart is link'd in love
  The humblest home is heaven !
      Blow, bellows, blow !

THY DARLING IS NOT DEAD!

FOND mother, do not weep !
Though we have laid him in the grave's cold bed,
And Death hath lull'd him to his long, last sleep,
Thy darling is not dead !

That which we gave to earth
Was but the garment by the spirit worn,
Death to the outer is the inner's birth;
A seraph now he's born !

A prince among his peers,
'Mong bright child angels now, he lifts his head.
O let this thought restrain for aye thy tears,
" My darling is not dead."

Rather rejoice that now
Thou hast in Heaven laid up this treasure rare,
That thou hast dropt behind Death's goring plough
One seed of fruitage fair.

From which one day thou'lt reap,
When thine own span of lower life hath sped,
The golden harvest, piled in garner'd heap,
For why ?   He is not dead !

Why vainly dost thou grope
For some faint opening in the light above,
When thine own heart doth hold a star of hope—
A mother's deathless love ?

Were there no other light,
This one live glimmer o'er thy spirit shed,
Like God's own finger on the gloom, would write—
   "Thy darling is not dead."

The spirit cannot die,
Of God's own essence, since it forms a part;
Though parted from us, they are ever nigh,
   To bless the longing heart.

Nor deem that now afar
From those who love him hath thy dear one fled;
Thy love will draw him from the farthest star.
   For why?   He is not dead.

But for those earth-bound eyes
Thou might'st behold him smiling by thy side,
And gazing on thee with a sad surprise,
   As round thee he doth glide.

Lighter than thistledown,
Or falling snow-flakes, now thy lov'd one's tread;
Softer than air the lips that press thine own,
   Of him thou callest dead.

Bless God for this glad thought,
No mocking mystery of hireling priest,
But from the fires of human suffering wrought
   By God within the breast.

13

And while thy sad thoughts dwell
On that blest time when sunder'd souls shall wed,
Say in thy heart, " My Father, it is well !
I know he is not dead."

———— :: ————

THE WAVE OF LIFE.

WHENCE comes this mighty mystery of life
That yearly inundates our wintry clime ?
Sending unseen through all its cultur'd clod
And untill'd wilds alike, the quick'ning thrill,
The impetus of new imparted growth,
Swelling the tender roots and fibres fine
Of rising plants and glorious tinted flowers
With crystal lymphs, to feed their myriad cells—
Those viewless architects, whose wond'rous skill
Builds up the living fabric of the world,—
Flushing the pastures with a richer green,
Climbing the inner bark of naked trees,
To load their branching arms with shining leaves,
And deck their fingery twigs with blossoms rare,
Greening the hedge rows with an emerald shower
Of vernal buds, that laugh out promises
Of blossom-wealth to enrich the summer hours.

Spring, lily-brow'd, emerging from her bath
Of seething mists—joy sparkling in her eyes—
With jewell'd hands uploops the trailing clouds ;

While at the sky's blue lattice waits the sun,
To pour his living glory o'er the world.
Whence comes, I ask, this wond'rous mystery
That stirs at once earth's dormant energies,
Reanimates and gathers up the dust
Her long-forgotten dead had cast aside,
For sportive winds to blow about the world?
In bush and brake, I mark the kindling joy
In trembling leaf, in birdling's quivering wing,
Whose tuneful warblings make the woods rejoice.
Nor earth alone exults, the fields of air
Are pulsing with the universal joy,
While, round his viewless spiral, heav'nward soars
The gladsome lark on wings of ecstasy,
Flooding the ether with a stream of song,
Whose melody might tempt from heav'n afar
Bright seraph bands to bend the wondering ear.

Life-giving influence! thou art everywhere.
I turn my gaze up to the solemn hills,
Snow-capp'd and cold, but thou art even there,
Clothing the boulder'd steep with snowy lambs,
Whose tender bleat makes musical the waste,
And breaks the leaden spell of solitude.

Even in the stifling haunts of toiling men—
Alike impervious to the sun and breeze—
The all-pervading wave of life is felt
O'erflowing with new wealth, the inner well,

With a diviner flood, that shoots along
The tingling nerves, the while it hurries on
The lagging currents to a livelier tune;
While o'er the sombre firmament of soul
Hope weaves the crimson of a brighter dawn.

Now hark! they come, the happy children come
Straight from the fields, with joyous shout and song,
With rose-bud lips, and pleasure-sparkling eyes,
Bearing in triumph, from the vernal woods,
The rifled gold of gorse and celandine,
With daisy treasures, fresh from nature's mint,
To decorate the sacred shrine of home,
Or pour into the dear maternal lap,
That altar sacred to our childhood's years.

Whence comes to me this strange uplifting power:
This sense of putting on immortal youth,
Of heavenward marching to a regal tune—
This blessed consciousness of being loved,
And tended as by viewless guardians?
While borne upon the undulating air,
Soft sighs, faint whispers, reach the inner ear,
Voices of the departed—still beloved—
Seem calling to us from within the veil
That hides the glory of our inner life;
Then gushing comes a strange, sweet melody,
That steals from me all motion, while it melts
My pent up joy in blessed rain of tears.

Whence comes, I ask, this ecstasy of life
That rushes o'er my being, like the hand
Of skilful player o'er an instrument?—
Whence comes this new expansion of my life,
This feeling kindred with all beauteous things?
Is it the wooing of the waving woods,
The stirring melody of joyous birds,
Accompanied by the tenor of the brook,
Or distant cascade's hoarsely sounding bass?

Not these alone could make me bend the knee
In lowly adoration like a child,
If in their blended songs I did not hear,
The loving accents of our Father, God.

---::---

ROSAMINE.

I TOOK her to my humble home, I took her to my heart,
    A little friendless orphan girl—
    Myself an old grey-bearded carle—
        Resolved we'd never part.

I warm'd and shod the little feet, her shivering limbs I clad,
    Spoke soothing words to calm her fears,
    And kiss'd away the grateful tears
        From eyes that now were glad.

'Twas winter when the orphan came, the days were dark and
　　cold,
　But summer came with Rosamine,
　Youth's summer in my heart did shine,
　　I felt no longer old.

The breath of flowers was on her lips, bright sun-gold in
　　her hair,
　The liquid azure of her eyes
　To me brought sunny April skies,
　　Her cheeks June roses were.

How sad my life till Rosa came! even then, when down the
　　stairs
　With joy her pattering footsteps rained,
　I knew not I had entertained
　　An angel unawares,—

An angel child to warm my heart, and fill my home with
　　glee;
　Day after day thus to behold
　That wee sweet face of perfect mould,
　　Was heav'n itself to me.

And when the tender April buds peep'd out from bank and
　　brae,
　With step as light as thistledown
　She led me out beyond the town
　　To God's green fields away.

And there, deep in the wood, we found the first anemone,
  Wood-sorrel with its pencil'd bloom,
  That droops its leaves when dark clouds loom
    Or night steals o'er the lea.

Once home and seated on the hearth, what questioning
      began—
  For she must know each floweret's name,
  And how it grew, and whence it came—
    I was a puzzled man.

Then by and by the golden curls upon my knee would
      rest,
  While in her face and in her eyes
  Would well up wonder and surprise
    Too deep to be expressed.

And thus the tendrils of our hearts would close and closer
      twine,
  Each day the dearer she to me ;
  No wonder in my doating glee
    I called her Rosa-*mine.*

Oh, foolish heart ! Oh, dotard head ! ne'er thinking, such
      thy faith,
  That days of darkness were in store,
  That my sweet bud held in its core
    The canker worm of death !

She died, my darling Rosa died ! a flower too frail to last ;
  And with her died all else to me—
  Rose, daisy, and anemone,
    All, all, to death have pass'd !

Spring, summer, golden autumn, all are winter now to me,
  Save when upon the ear of Time
  Falls heavily the midnight chime,
    In dream-land her I see.

Thus, like a star, her deathless love for me doth nightly
    shine ;
  While, at the unseen golden gate,
  To welcome me doth patient wait
    My darling Rosamine !

———::———

THE PERPLEXED PREACHER.

THE beardless embryo of a Scotch divine
In College gifts and graces great did shine ;
So great in logic, famed for eloquence,
The Presbytery at once did him license
To preach theology to saint and sinner,
Marry, baptize, and otherwise earn his dinner.
Soon kirks and congregations, far and near,
Impatient grew this prodigy to hear,
And sent him invitations, not a few,
To preach—no matter what, if only *new*.

At length, more to the point, a call there came—
Unanimous ; the spot we need not name.
A village church it was, in rural glen,
Where looms in grandeur a gigantic Ben ;
With boundless tracts of heath and thymy moor,
O'er which the healthful breeze blew sweet and pure.

Our *Alma Mater's* darling, duly wean'd,
Behold him now, a minister ordained,
While twelve sleek hands like slates laid on his head,
Symbol unnumber'd blessings on him shed.
'Their solemn task perform'd, the Presbytery
Smoke, drink, and dine, bless God, then homeward hurry,
Leaving our young Boanerges to pursue
His calling high 'mid "scenes and pastures new."
Alone with his own thoughts came sad misgivings,
Dread thoughts of failure, evil-spirit movings
Towards his flock.   To him each face was new,
And strange, unsympathetic ; while a few
Seemed hypercritical, and would, no doubt,
Do all they could to turn clean inside out
His sermons, lectures, prayers, and orations—
Thus damp his zeal, besides exhaust his patience.
But he no less resolved to do his duty,
Solaced his soul with nature's glowing beauty,
Drank inspiration from the ambient air,
And with the gods communed in fervent prayer.
Nor only in his little private study
Rehearsed the grand discourse prepared and ready

'Gainst Sabbath to astound his congregation,
And by sheer force command their admiration;
But sought the deep seclusion of the hills,
Lulled by the psalmody of mountain rills;
His church the dreary moor where silence reigned —
His pulpit the turf dyke 'gainst which he lean'd.
One wave of that weird wand imagination,
And, lo! before him stood his congregation.
There, o'er them shook the terrors of the Word,
Wav'd his right hand as if it held a sword;
Poured forth the lava of his ardent soul—
The fiery sentences did flash and roll,
Like thunder-javelins, on the startled air.
But ere our wrapt declaimer is aware,
Another audience had gathered near
This new Elias of our times to hear—
The native ruminants of that wild region,
Strangers alike to science and religion—
Fat oxen, sheep, cows, stirks, and sportive lambs—
The latter peeping from behind their dams—
All gaze upon him with wide wondering eyes,
Spell-bound, they listen with a mute surprise.
Encouraged by the sight, our young divine
Accepts their homage as a hopeful sign
Of future success with his human flock,
Whose stony hearts, determined to unlock.
He rises with the greatness of his theme;
Foam-wreathed his lips, his eyes with frenzy gleam.

Inspired anew by such attention given,
He calls on all to put their trust in Heaven,
Hold fast the creed of Calvin, Beza, Knox,
Or share the doom of the unorthodox.

    Their first surprise once o'er, his audience,
Not being used to ponder in suspense,
Grew restless—some to yawn and shake the head,
As if in doubt of much that he had said;
While one, in wicked malice or in sport,
Hoisted her tail and gave a brutish snort
That raised a wild commotion and a rout;
The sheep, no less affected, wheel'd about,
Turning upon our hero their behinds,
Leaving our preacher preaching to the winds.
" Such is the world," soliloquised the youth—
" They turn their backs on him who speaks the truth,
Close to the beautiful both eyes and ears;
Slaves to curs'd ignorance and brutish fears."
Still harder things our preacher would have said,
When something heavy bumped down on his head;
Another! yet another! thundered down;
Huge sods of peat, square-cut, sun-bak'd and brown,
Hurled by no puny hand; more like some fiend
Possessed the turfy wall 'gainst' which he leaned,
Whose name it might be legion; hence the rout,
Unceremonious, of the friendly nowt.
Imagination conjured up the rest—
Of spiteful brownies that our moors infest.

And as to valour still belongs discretion,
Our hero, in his growing consternation,
Like frightened courser swift took to his heels ;
A hero still—for who can cope with deils ?
But now to solve the mystery.   Walter Gunn,
The shepherd, had resolved to have some fun
That day at the new minister's expense ;
And so had lain concealed behind the fence.
'Twas he awoke the terror of the herd,
When, spite of preacher or the preachèd Word,
They helter-skelter scampered from the spot,
Leaving our hero like good Mrs. Lot—
No, not a saline pillar, but a warning
To young aspirants crazed with grace or learning,
And now, to crown and magnify his fears,
Had tumbled down the dyke about his ears !

— —— :: —— —

THE LAIRD O' DERRINANE.

A BALLAD.

JEANIE'S gane oot lamentin',
     Lamentin' a' her lane ;
To please her dad, she's forced to wed
     The laird o' Derrinane.

She's socht the howe o' the green wood,
     Ta'en shelter in the shaw,
That nane may see the saut, saut tears
     That frae her een doun fa'.

Her gowden locks, frae 'neath her snood,
  In wild disorder flow ;
While to the winds that heedless pass
  She vents her tale o' woe.

" Oh, were he but a younger man,
  Though born in lowly cot,
Gude kens, to me it wad be bliss
  To share his humble lot.

But to be wed to sic a carle—
  Tied up to ane sae auld,
Sae grim and grey, sae bleer'd an' blae,
  It mak's my bluid rin cauld.

As weel mate dreamy dark-broo'd Nicht
  To gay an' gladsome Noon,
Or frosty-bearded Januar',
  To fair and flowery June.

No, rather let me loup yon lin,
  'Twad be less sin in me,
Than for the sake o' warld's wealth
  An auld man's bride to be."

She rose to seek the darksome pool,
  That murmur'd far below,
Sin' there was nane to hear her mane —
  Tak' pity on her woe.

But as she turned her frae the spot
　To carry out her plan,
Or ere she kent, before her stood
　A gallant gentleman.

Health's ruddy hue was on his cheek—
　Though ne'er a youth was he—
While tender was the lovin' licht
　That sparkled in his e'e.

" What ails, what ails thee, bonnie lass,
　What mak's thy cheeks sae wan?
I ne'er had dreamt sae fair a flower
　Did blossom in oor lan'.

Come sit thee doun upon this bank,
　That I thy tale may hear;
Syne I will be thy ain true knicht,
　By a' that's guid I swear!"

His kindly looks, his manly words,
　Brocht up the rosy blush
To Jeanie's cheek; through a' her veins
　A feeling strange did rush.

She tauld the stranger her sad tale
　O' misery an' pain,
Hoo she, to please her sire, maun wed
　The Laird o' Derrinane.

"The thing's a' settled, past remead,
    I heard my mither say,
An' here to claim me for his bride,
    He comes this very day!"

"An' wha's this Laird o' Derrinane,
    That fills thee wi' sic fear?
He sure maun be some gruesome ghoul;
    I wish we had him here!

An' when saw ye this aged wicht,
    Wha comes to marry thee?
An' is there nocht aboot the carle
    To please a lassie's e'e?"

"I saw him ance, it may be twice—
    It's mony years since than,
For I was but a lassie wee,
    An' he a bearded man.

He was my faither's crony leal—
    Fast frien's were aye the twa,
An' noo, without my leave, he comes
    To carry me awa!"

"Oh, say nae mair, my ain sweet lass,
    But buckle to my side,
I'll free ye frae your troubles a',
    An ye'll but be my bride!

I hae a hoose, a dainty farm,
　　Whaur kye feed on the lea,
Fat sheep a fiel', baith maut an' meal
　　Aneuch for thee an' me.

Say but the word, we'll to Mess John,
　　My ain true love, my life !
Syne to thy faither an' the laird,
　　Present ye as my wife."

What could she say, what could she dae,
　　'Gainst sic a winnin' tongue ?
She felt she lo'ed him as her life,
　　Albeit he wasna young.

Ah, love, sweet love ! nae ither lowe
　　The human heart sae warms ;
What could the helpless lassie dae
　　But fa' into his arms ?

Nae sooner wed an' welded fast
　　By Hymen's sacred fire,
Than in a carriage aff they rode
　　To meet her angry sire.

"What gars ye look sae glum, auld man ?
　　An' you, auld dame, sae queer ?
Ye've seen a man an' wife before ;
　　Look up ! sweet Jeanie dear !"

She didna see the meanin' wink
   That pass'd between the twa,—
Her faither an' her ain guidman,
   As they met in the ha'.

For oh ! she was sae fu' o' dread
   O' what was yet to come—
A mither's hate, a faither's curse—
   She dreed micht be her doom.

Wi' kennilt e'e an' wrathfu' broo,
   The auld man view'd the pair;
Syne fell he back upon his seat,
   An' lauch'd till he was sair.

" To think," quo he, "that bairn o' mine
   Should be sae far mista'en ;
Dinna ye see, ye doited wench,
   Ye've married Derrinane :"

———— :: ————

EPISTLE TO FAITHER FERNIE.

By William P. Crawford.

I say, guidwife, the table clear
O' cups an' flets, and a' sic gear,
Bring pen an' ink an' paper here,
      Till I write Faither Fernie.

14

For since I was aboot fourteen
My help botanic he has been ;
In temperance wark, my richt han' frien'
    Was willing Faither Fernie.

At temperance gala or soiree,
When young folks' hearts danc'd wild wi' glee,
The wale o' treats was then to see
    And hear blythe Faither Fernie.

His stories an' poetic lore
Aye kept the hoose a' in a roar,
While many a loud an' lang encore
    Was gi'en to Faither Fernie.

An' weel I mind in bygane days,
Wi' merry lilt I sang his lays ;
Delighted still am I to praise
    The strains o' Faither Fernie.

Like him I lo'e, in leisure hours,
To seek the shade o' sylvan bowers,
Or haunt the glade for ferns an' flowers
    Alang wi' Faither Fernie.

On Saturdays, when free frae toil,
Wi' him I've wandered mony a mile,
By Kenmuir's bank and fair Carmyle,
    To seek rare plants wi' Fernie.

By winding Cart or Cambus glen,
Where rare anes grew, weel did he ken ;
Nae won'er that I like to spen'
      An' afternoon wi' Fernie.

He kens ilk ferlie ye could name,
The hist'ry, tae, o' mony a stane ;
An' noo, sin' to the stars he's ta'en,
      We'll learn queer things frae Fernie.

But simmer's pleasures soon flee past,
The fields wi' snaw are noo o'ercast,
Fell winter's reign is in at last—
      Wae's me for walks wi' Fernie.

But I maun quat, it's wearing late,
Look up the *Frien'*, see what's the date ;
Dear me, it's noo the twenty-eighth—
      Twa months sin' we saw Fernie.

Dear Fernie, I wad like to see
Ye step alang some nicht to tea ;
The wife an' bairns, as weel as me,
      Will welcome Faither Fernie.

Sae fix a time, an' let us ken
Upon what nicht ye're coming, then,
An hour or twa wi' us to spen',
      An' gie's yer crack, Frien' Fernie.

EPISTLE TO WILLIE CRAWFORD.

By Faither Fernie.

I GOT the *Frien'* dear Willie, lad,
    And read yer rhymes wi' pleasure,
Though dootfu' if yer subject's worth
    The music an' the measure.

An' seein' it's my dinner hour,
    Here by the cosy ingle,
I'll try an' reel ye aff a hank
    O' hamely Scottish jingle.

Thanks, Willie, for yer denty sang,
    My feth ! but your Pegasus
Flings up his heels richt mettlesome
    When ye attempt Parnassus.

Wi' han' an heel ye spur him on—
    I think I see him prancin';
Yer cantie fiddle, Willie lad,
    Wad set the deil a-dancin'.

But as for me, puir luckless wicht,
    The muse has left me fairly,
'Tween thaw an' frost I'm fossilised—
    This weather tries me sairly.

The bonnie queen nae mair I woo,
  Nae mair her voice I hearken ;
But battle wi' the ills o' life,
  While sair wi' hoast I'm barkin'.

I'm frostit, fusionless, an' dry,
  But she declares me lazy,
Or aiblins glowrin' at the stars
  Has dang auld Fernie crazy.

But wait till ance the daisies white,
  Alang the leas are glintin',
And kindly Spring her kisses sweet,
  On Nature's broo imprintin'—

It's then ye'll see me face aboot,
  An' spiel the braes like funkie ;
The sicht o' Nature's smiling face,
  Up kindles the auld spunk aye.

No, as o' yore to " Whup the Cat,"
  Wi' thimble, shears, an' law-board,
But aff wi' birr to botanise,
  Wi' couthie Willie Crawford.

But lang ere that, my cantie frien',
  An' I be spared ye'll see me ;
In fact, I ettled lang ere this,
  A nicht to ha'e spent wi' thee.

Wi' thee an' thy dear dautit wife,
  In yon ben-en' sae cosy,
To quaff ance mair the "cup that cheers,"
  An' kiss thy bairns sae rosy.

Ye've lang been Faither Fernie's frien',
  As weel as brither poet,
Nor think me void o' gratitude,
  Although I mayna show it.

So fare-ye-weel, an' mony thanks
  For your bit blythe epistle,
An' may ye lang be spared·to write,
  An' blaw yer cheery whistle.

—— :: ——

THE WEAVER'S WOOING.

By James and Ellen C. Nicholson.

HE.

I HA'ENA kent ye very lang,
Maist winsome subject o' my sang,
But wi' ye aft my thochts are thrang,
    Sweet lass o' Lesmahago.

For oh, ye ha'e twa pawky een
That lauch their lashes dark between !
Sair trouble to my heart they've gi'en,
    Sweet lass o' Lesmahago.

An' siller-sweet's yer voice, my doo ;
As sweet as Stra'ven's bells, I voo.
I hear its music a' day through,
    Sweet lass o' Lesmahago.

When neist you come to Stra'ven toun,
If auld Tod's Hill ye're walkin' doun,
Jist cast yer gleg black een aroun',
    Sweet lass o' Lesmahago.

An' mony a weaver's shop ye'll see
Wi' shuttles gangin' merrilie.
Aiblins ye'll get a blink o' me,
    Sweet lass o' Lesmahago.

At gloamin' suld ye chance to stray
By Aven's side, what wad ye say
If I suld dauner doun the brae,
    Sweet lass o' Lesmahago?

An' if whaur Aven's waters glide
A while wi' ye I socht to bide,
Oh, wad ye sen' me frae yer side,
    Sweet lass o' Lesmahago?

An' gin I speered if ye could fen'
Beside a weaver's blythe fire-en',
I won'er what ye'd answer then,
    Sweet lass o' Lesmahago.

Oh, could ye wed a weaver chiel,
An' ca' his pirns wi' birlin' wheel,
The weaver aye wad lo'e ye weel,
  Sweet lass o' Lesmahagow.

SHE.

An' dae ye think, ye weaver loun,
That I wad gang stravaigin' roun'
To glow'r at you an' your auld toun,
  My weaver lad frae Stra'ven?

Sic impudence! Ye cuif, gae wa';
Ye want a wife yer pirns to ca',
An' in her lug saft win' to blaw,
  My weaver lad frae Stra'ven.

Fu' blest, nae doot, wad be my lot
W' cotton jupe an' druggit coat,
An' cloutit shoon no' worth a groat,
  My weaver lad frae Stra'ven.

Oor hame, ae wee bit garret room,
Whaur ye at e'en wad sit an' gloom
At greetin' weans an' coggie toom,
  My weaver lad frae Stra'ven.

On bed o' strae we'd saftly sleep;
On Sabbath-days high revel keep
On heid and trotters o' a sheep,
  My weaver lad frae Stra'ven.

Gin wark grew slack, whaur were yer gains
Wi' sic a hatter o' wee weans?
Ye'd get a *stroke* at knappin' stanes,
    My weaver lad frae Stra'ven.

Nae doot but Aven's banks are bonnie ;
Kype's glen the fairest spot o' ony,
Whaur wins a lad, they ca' him, Johnnie,
    My weaver lad frae Stra'ven :

Has rowth o' gear, a farmer's son,
Keeps aye his pownie, doug, an' gun ;
But, oh ! his heart is like the whun,
    My weaver lad frae Stra'ven.

An' by auld Stra'ven's castle grey,
It's him I lo'e an' him I'll ha'e !
I carena what the gossips say,
    My weaver lad frae Stra'ven.

Postscript.

But yet, wha kens, an' ye had *ocht*,
Or at some ither callin' wrocht,
To change my min' I micht tak' thocht,
    An' wed my lad frae Stra'ven.

POEMS

BY

ELLEN CORBET NICHOLSON.

EARL DALYELL.

Fast he rade ower the muirland grey,
  And fast by the foot o' the hie green fell;
He lap his steed ower the burn in spate;
  An unco rider was Will Dalyell!

He stinted speed by a castle yett;
  A ladie stood at the window hie;
Her broo was stern, and her e'e was bricht,
  And pale was the cheek o' that fair ladie.

" An' winna it please ye to licht, Earl Will?"
  And, oh, but she leuch richt bitterlie.
" Ye lichtit doun but a week sin' syne;
  A wearyfu' lichting was that for me."

" It winna please me to licht," he said.
  " I thank ye weel for your courtesie.
I winna licht, and I winna bide,
  But there is a boon ye maun gi'e to me "

"And what suld I gi'e thee, Earl Dalyell?
   Or what is there mair ye wad tak' from me?
Ye ha'e harried my hoose, ye ha'e stown my kye,
   Ye ha'e slain my lord and my bairnies wee.

"Your men are roun' me in bower and ha',
   Ye ha'e prisoned me in my ain castell."
"Noo, fair and softly, my lily flower,
   I ha'e but come for your bonnie sel'.

"So row ye weel in your green mantle—
   The muir is wide and the wind blaws snell;
For priest is ready and guests are bid,
   And ye sall be ladie o' fair Dalyell."

Oh, wasna that ladie an awsome sicht—
   Sae pale her cheek and sae bricht her e'e!
She lookit doun wi' an eerie smile,
   And said, "Dalyell, I will gang wi' thee."

She's rowed her weel in the green mantle,
   She's set ahint him on pillion hie;
And squires maun follow at bowshot's length,
   As weel beseemeth their low degree.

Oh, ride ye fast ower the muir, Earl Will,
   Wi' your bonnie bride and your arméd men!
The nicht is fa'ing sall ne'er ha'e daw'ing,
   Ye winna see fair Dalyell again.

   .   .   .   .   .   .

They wan Dalyell i' the first grey licht—
  The Earl and the ladie, a fearsome twain ;
Her richt arm twined roun' a sweying corpse,
  Her left hand claucht at the bridle rein.

" Licht doun, licht doun, oh, ye fause woman !
  An' tak' the meed o' your treacherie.
To smile i' the licht and stab i' the dark !—
  An evil death we sall gar ye dee."

The ladie said, wi' an eldritch laugh,
  "Gae burie the Lord o' fair Dalyell ;
And gif his saul unto Heaven be sped,
  It's mine will burn i' the fiercest hell.

I ha'e seen the ruin o' hoose and ha',
  The slaying o' husband and bairnies wee ;
I ha'e ridden a mile with a murderer's corpse—
  And noo ye can dae your warst wi' me."

They cast her doun in a dungeon strang
  They buried their lord in the auld chapell ;
Syne piled the faggots aroun' the stake,
  To burn the slayer o' Earl Dalyell.

But deid she lay in her dungeon deep,
  Wi' the licht gane oot o' her glazing e'e ;
Tho' the eerie smile on her face still said,
  " And noo ye can dae your warst wi' me."

THE AE WEE ROOM.

It's years sin' last we left it—oh, sae weel's I mind the day!
My hair was broun an' bonnie then, that's noo sae thin an'
    grey.
Wae's me! for a' the years ha'e had o' gladness an' o' gloom,
They've gi'en me naething dearer than my ae wee room.

Sae weel's I mind the wee bit hoose—the burn—the bonnie
    yaird—
The lauching o' the bairns ootbye upon the sunny swaird—
The summer scents of thymey knowes an' clover leas in
    bloom,
The breezes brocht at e'enin's to my ae wee room.

It had but little plenishin'; the wa's were unco bare;
But John was young, an' I was young, an' Love was wi' us
    there!
An' but-an'-ben my Johnnie wrocht an' liltit at his loom,
While I wad croon the owercome in oor ae wee room.

An', oh, the happy simmer e'ens for John, an' bairns, an' me!
Sic daffin' doun beside the burn—sic racing on the lea—
Sic pu'in o' the gowans an' the bonnie yellow broom
To deck the shinin' dresser o' oor ae wee room!

The simmers noo are unco blae, the winters cruel cauld;
It's maybe that thae twa-three years I've grown sae frail an'
    auld.

But, oh! langsyne, though snaws were deep an' gurly skies
    micht gloom,
We aye had simmer sunlicht in oor ae wee room.

Noo, John has land and hooses braw, an' mickle warl's gear;
An' we ha'e left the ae wee room for sax-an-'thretty year;
But through them a' I've missed the sangs he sang me at his
    loom;
For Love seemed left ahint us in oor ae wee room.

I've missed my bonnie bairnies, for the youngest dee'd ere
    lang;
The eldest sailed across the seas; the bonniest gaed wrang.
Oh! purses may be fu', I trow, and hearts be unco toom.
We'd better keept oor bairnies in oor ae wee room.

There's heaven afore us a', they say; but heaven's ahint for
    me—
The wee cot-hoose, the bonnie yaird, the burnie, and the lea.
The dreary muir, o' cauldrife age has still a spot o' bloom—
The thocht o' puirtith's happy days in ae wee room.

———::———

GRANNIE'S KAILYAIRD.

O' youth an' its pleasures fu' aft ha'e I min',
For happy was I in the days o' langsyne,
When snaw clad the hills, or when wheat was in braird—
A wee rinnin' bairnie in grannie's kailyard.

My auld grannie's yaird o' the toun was the wale ;
It grew the best tauties, an' syboes, an' kail.
The siller she spent on't was never ill wared,
For a' thing grew weel in my grannie's kailyaird.

Ye talk o' the blossoms in hothouses braw,
O' plants wi' lang names, come frae lan's far awa' ;
But never was garden o' leddy or laird
Sae sweet or sae bonnie as grannie's kailyaird.

For there waved the lily, sae stately and fair :
The rose and sweetwilliam o' simmer grew there ;
An' mint, an' rosemary, an' suthernwood shared
A corner amang them in grannie's kailyaird.

I min' o' the beeskeps that stude by the wa',
The big grozet bushes in mony a raw.
The curran's, whose berries the toun micht ha'e ser'd —
Sae rich were their clusters in grannie's kailyaird.

I min' o' my grannie, in coat an' short-goun,—
Her winsome auld face wi' the mutch-border roun'.
Oh, couthie auld bodie ! but ill had I fared
Withoot yer kind heart an' yer bonnie kailyaird.

My kindly auld grannie ! ye're lang deid and gane ;
The laddie ye wrocht for has bairns o' his ain.
Oh, in the far heaven that guid angels gaird
May ye ha'e some neuk like yer bonnie kailyard.

Aft, aft, through my musin', there comes on the breeze
The scent o' the lilies, the hum o' the bees;
An' earth seems the brighter that heaven has spared
My auld heart the mem'ry o' grannie's kailyaird.

— —— :: —— —

LANG, LANG SYNE.

LANG, lang syne, Jamie, grannie was a bairn—
A' the warl' afore her, a' its ways to learn;
Lauchin' een an' rosy cheek, gowden hair like thine,
Grannie had them a', Jamie, lang, lang syne.

Lang, lang syne, Jamie, losh! oor toun was wee;
Hooses a' had thack roofs, lamps ye couldna see.
Whiles frae some bit winnock cam' the ingle's freen'ly shine;
Folk gaed sune to rest, Jamie, lang, lang syne.

Lang, lang syne, Jamie, kintra lairds were gair;
Kail an' parritch, scones an' cakes—sic their hamely fare.
Sons an' dochters, men and maids, side by side wad dine
Roun' my faither's board, Jamie, lang, lang syne.

Lang, lang syne, Jamie, jupes and coaties clean
Lasses wore on week-days—braw they were an' bien.
Faces had a blither look, if claes were no sae fine,
When grannie was a bairn, Jamie, lang, lang syne.

Lang, lang syne, Jamie, folk had time to spare;
Didna wear their sowls oot fleein' here an' there.

15

Less o' care the warl' had—less o' want an' pyne—
Mair o' simple faith, Jamie, lang, lang syne.

Lang, lang syne, Jamie, beggars at the door
Aye o' halesome aitmeal gat nae scrimpit store.
Bairnies led the blin' folk through the toun, I min';
Hearts were surely kinder, Jamie, lang, lang syne.

Lang, lang syne, Jamie, there was little lear ;
Schulin' then was ill to get—aiblins thocht o' mair.
Thoosan's scarce could read a book, ne'er had penn'd a line ;
But, oh ! the warl' was wiser, Jamie, lang, lang syne.

———::———

AUGUST TO JUNE.

JUST when the long June days were brightest,
  When woods were decked in their greenest dress,
When mine was of mortal hearts the lightest,
  O woman and whim and wilfulness,
To spoil my summer and leave me so !
But there, I forgave you weeks ago.

Dear, 'tis time that the clouds were lifting ;
  Time, methinks, to forgive and forget.
Whose the fault if apart we're drifting ?
  Why our quarrel ? I scarce know yet.
Ah, come back, ere our lives grow old,
Ere eyes are careless and lips are cold.

Have you forgotten our seaside strolling,
　Lingerings down on the misty sands,
Murmuring music of waters rolling,
　Meeting of glances, meeting of hands?
I am alone on the dim sea-shore :
Ah, come back to me, love, once more !

Somehow, with me to-night there lingers
　The fragrance faint of the flower you wore ;
The touch of the hand, with its slender fingers,
　You laid in mine on the grey sea-shore ;
And an echo of words that were whispered then :
Ah, come back to me, dear, again !

Ah, come back to me, love, come back to me !
　Starless all is the August night ;
Seaward and landward alike 'tis black to me—
　Come, and make of the darkness light !
Come, and say, in my arms held fast,
" I have returned to my home at last !"

———::———

*L. A. N.**

COLD she lies in the sultry night,
　Deaf to the voices that speak her name,
　Dead in the splendid noon of her fame,
Dead in her beauty, chill and white.

---

* The late Miss Neilson, *Tragedienne.*

Fortune's darling an hour before !—
   Who had thought of the end of all ?
   Who had thought of the curtain's fall
Over her triumphs to rise no more ?

Hushed be the song and the dance a space :
   She was merry but yesterday.
   Silence the orchestra, cease the play—
Think awhile of that rigid face.

Spare some few of your thoughts for her—
   We have so little to give our dead :
   The fading wreath for the ice-cold head,
The praise that never a pulse can stir.

Take this with you, oh loveliest Dead,
   Into the Shadowland, vast and drear !
   If in the past we have held you dear—
Heaped our praise on your gentle head—

Now, in the coldness and calm of death,
   You have a triumph the most complete ;
   Your silence speaks with a voice so sweet,
That all men listen with bated breath.

———::———

AN OLD FLAG.

IN dusky corner of cathedral olden,
   It hangs aloft, a flag whose day is done ;
Its fair hues faded, and defaced the golden
   Records of by-gone triumphs grandly won.

Its tattered folds o'erhang a warrior's tomb ;
   In aisle and chancel England's noblest rest ;
The chilly marble tells of Glory's doom
   And England's love for those who loved her best.

Ah, passer-by, of reverent step and slow !
   If tomb and tablet have their tale to tell,
This piteous fragment left of Glory's show—
   War's cast-off plaything—has its tale as well.

Youth's pulsing hands have grasped that shattered staff,
   And bore it proudly to victorious height.
One hears the shout—the reckless soldier-laugh—
   The ringing cheer below where comrades fight.

And lives there not some tear-stained record, too,
   Of one who, saving flag and honour, lost
His own fair life ; and, dying, round him drew
   These folds. Ah, England, what thy glories cost !

What blood has streamed on foreign fields for thee !
   What hosts have deemed and deem it bliss to fall
In cause of thine, all wrongful though it be.
   Art thou not Dear Old England through it all ?

To tell their fame who round this flag have pressed,
   The world's cathedrals scarce, methinks, had room ;
Yet let no murmuring disturb the rest
   Of England's heroes in this hallowed gloom.

For England's heart enshrines her humbler brave,
Who, courting death, did Glory somehow miss.
Ah, surely, since for her their lives they gave !
And greater love can no man have than this.

———::———

CALLING THE REGISTERS.

SUNDERLAND, JUNE 18, 1883.

MORNING in school, but where the cheery noise?
Why do the teachers crowd and whisper so?
Who was that sobbing?   Are those all the boys?
Is that the master's voice so choked and low?

Alas ! how shall he call the record o'er—
Willie and Fred, and John and little Jim,
And fair-haired Harry, and the many more,
Whose voices ne'er again may answer him.

Gone is the grave-eyed lad, his teacher's pride ;
And gone, the dear, wee dunce—the pet of all—
The curly-pated darling—side-by-side,
Together gone beyond the master's call.

Gone are the little playmates ; hand-in-hand
They found them lying, one with peaceful brow,
The other—Hush !   We may not understand
God's ways, but surely both are lovely now.

Dear little ones !   Perchance in days to be,
   When others sit where sat the gentle Dead,
The master, musing, by his side shall see
   The shining outline of an angel head ;

Or haply hear, above the ceaseless hum
   Of youthful voices, one that thrills him through ;
And turn aside, while blinding tears will come
   And flow, unhindered, as he thinks of you—

His little scholars, wiser now than he,
   Wiser than all earth's men of busy brain,
And famous with this martyr fame—that ye
   Went heavenward by the martyr's gate of pain.

————::————

INTO THE PAST.

BACK to the past that glimmers
   Dim as the Milky-way—
To the beautiful past that is yours and mine,
   My thoughts have wandered to-day.

In sooth, 'tis a wondrous region,
   Where shadows abide and dreams ;
But your face shines out of the dusk at times
   In a halo of bright sunbeams.

Your face, as at first I knew it,
   With setting of sunlight hair ;

There are fair, sweet things in this past of ours,
But you are the fairest there.

There's the sound of a south wind sighing
All over 'this dreamy land—
At the rush and retreat of the waves that beat
And break on a silent strand.

There are paths in a misty forest
That stretches down to the sea.
They are full of your presence, my love! my love!
Gone like a dream from me.

The leaves have your tender whisper;
The flowers have your lovely smile;
Your form gleams up from the mirroring stream,
I turn—you are gone the while.

Gone—and the groves grow dusker;
A wind sweeps in from the sea;
There's an angry red in the western sky—-
This past has a dread for me.

And I know, if I follow the footpath
That leads to the wild, red West,
That the sun will sink and the darkness fall—
But 'tis only a dream at best.

Only a dream—yet surely,
Before I awake and weep,

I shall see you once as I saw you last,
  In this sleep that is not a sleep.

You will stand with your face averted,
  Your hands will push me away;
Ah, white, wild face that is hid from me!
  I know what your lips would say.

And the words fall chill as the shadow
  Of death on a dead man's brow—
"Farewell; and if ever you loved me,
  Hate and forget me now."

———::———

NAMELESS EILEAN.

Eilean, Eilean, nameless Eilean,
  Lonely star in a night of sea!
Wings of the west wind, landward hieing,
  Bring me tidings, sweet isle, of thee.

Bring me the sighing of winds that woo thee,
  Scents of the heather, and sea, and sand,
Rushing and dashing of wild, blue waters,
  Ripple of waves on thy narrow strand.

Eilean, Eilean, home of the sea-fowl,
  Isle of my day-dreams, loved and lone;
Child of the wave, and the fierce, free sunlight!
  Aye to the world be unnamed, unknown.

Eilean, Eilean, though seas divide us,
　　Still am I with thee in fancies fair;
Oh, could a spirit, its thraldom ended,
　　Choose it a dwelling, and hasten there!

Thou wert the chosen of mine, sweet Eilean,
　　Eden and heaven alike to me;
Oh, to be roaming in fragrant hollows,
　　Glad as thy sea-birds, strong as thy sea!

Vain is my longing—till bonds are broken—
　　Death no longer a mystery,
I am but tossed in the world's wild fever,
　　Dreaming, my Eilean, of rest and thee.

—— :: ——

RONALDINE.

AFAR she dwells by northern seas,
　　By grand grey cliffs that tower and lean,
On sands swept by the strong sea-breeze—
　　　　My Ronaldine.

A fairy flow'ret hid away
　　In lone rock crevice, seldom seen,
She fairer grows from day to day—
　　　　My Ronaldine.

And she has eyes like blue speedwells,
  And hair of ruddy golden sheen,
And lips where surely Cupid dwells—
      My Ronaldine.

White throat has she, and shoulders slim,
  And waist where corset ne'er hath been—
A tireless thing of supple limb
      Is Ronaldine.

She knows me not, and ne'er may know—
  Would let me pass with careless mien
And dreaming eyes. Ah, better so !
      My Ronaldine.

Beyond your grey-green cliffs there lies
  The world of passion, fierce and keen,
Whose light would blind those wistful eyes—
      My Ronaldine.

And mine shall ne'er be out-stretched hand
  To lead thee there by ways unclean,
Away from sea-born Fairyland,
      Sweet Ronaldine.

For one may love, nor mourn the dearth
  Of passion in his love serene,
I would not have thee proved of earth—
      My Ronaldine.

Ah, ne'er for me be fickle sprite,
  And syren of the billows green,
To gild destruction with delight,
        My Ronaldine.

Be fairest of all fair-haired fays,
  Of dim sea regions gentle queen,
And genius of your poet's lays,
        My Ronaldine.

———::———

MAGGIE'S BIRTHDAY.—A SONNET.

September 14th, 1883.

Fourteen birthdays you spent amongst us, dear;
  First, baby's birthdays, meaning nought to her;
  Then little Maggie's birthdays, making stir
Of childish gladness in the quiet year:
  Then birthdays of a stripling slight and tall,
With face too sensitive and eyes too clear;
  And now this birthday when the shadows fall
Across our hearth, and Maggie is not here.
Ah, darling dead and gone!   September flowers
  And immortelles in scentless wreaths are all
The offerings now your birthday needs of ours.
  No gifts from us your gentle slumbers crave—
  No keepsake quaint, or shining jewel, save
  The tears that gem the daisies on your grave.

MOIRASAY.

HE sailed awa' to the West so fair,
  (It's I will be true to thee for aye.)
And ae fond heart for his sake was sair.
  (The sun shines bonnie on Moirasay.)
He sailed awa,' but there cam'na' back
A word or a sign ower the ocean track,
    And ae fond heart had its share o' wae.
  (The seas are sighing round Moirasay.)

" Ye're greeting your days awa', my doo "—
  (It's I will be true to thee for aye.)
" Here's face as bonnie and heart mair true."
  (The winds are soughing round Moirasay.)
" Oh, face sae bonnie and heart sae true,
I've gi'en my word, and I willna' rue,
    I'll wait and hope till my deeing day."
  (The clouds hang heavy ower Moirasay.)

But waiting's a weary weird to dree ;
  (It's I will be true to thee for aye.)
When life is bitter the sweeter to dee.
  (The rain is dreeping on Moirasay.)
Oh, fauld her white haun's, and steek her een,
And bring the linen sae cauld and clean,
    And mak' her a grave on the green, green brae.
  (The bells are tolling on Moirasay.)

Noo, wha is this at the kirkyaird gate?
   (It's I will be true to thee for aye.)
Oh, Love, ye've come back ower late—ower late!
   (The sun is setting on Moirasay.)
She winna waken at step o' thine—
Ah, siller is little if love ye tine ;
     And see, i' the gloaming, your hair is grey.
   (The nicht is falling on Moirasay.)

———— :: ————

HENRI MURGER.

ALAS ! poor poet, speaking still to us,
   With all thy tender soul, in those sweet strains—
   Whose sobbing voice to Fortune still complains :
"What have I done that thou should'st use me thus ?"

Alas ! poor singer, 'twas a cruel world
   Where thou, sweet-voiced, fair-souled, did'st want for bread;
   Where thorns, for laurel, crowned thy hapless head,
And snakes, for flower-wreaths, round thy footsteps curled.

To thee was given the Poet's soul of flame,
   The Poet's spirit of all tenderness,
   The Poet's kindly heart and hand, no less—
The more thy woes—the more thy country's shame.

Poor toiler ! bearing manfully the heat
   And burden of the day, patient and sad—
   Singing sweet songs to make thy comrades glad,
Treading thy path with weary, willing feet—

The path o'erhung with clouds funereal,
   That ended darkly ere thy youth had fled—
   Albeit all its rosy dreams were dead—
At the grim doorway of an hospital.

Then days of torture, then the long, long night,
   The quiet grave where, safe from all annoy,
   Rest Genius and Misfortune ; strange alloy !
Whose parts no chemist's craft may disunite.

Translations from the French of Henri Murger.

TO MUSETTE.

WE were very happy, darling, in your modest little room,
  When the rain rushed past the casement and the wind
  blew loud outside,
When, sitting by the fireside, in December's days of gloom,
  The sunshine in your eyes, for me, made spring of winter-
  tide.

The sea-coal flung its yellow gleams on ceiling and on wall;
  The kettle on its glowing throne sang quaint refrains of
  mirth,
And made the fitful music for a salamandrine ball
  Of fiery fairies dancing on the hearth.

And you would con some old romance and turn the pages
  o'er,
  With chilly, idle fingers, till your blue eyes closed, my
  sweet ;
And I would live the glorious days of Youth and Love once
  more—
  My lips pressed on your little hand, my heart laid at your
  feet.

THE SONG OF MUSETTE.

A SWALLOW, herald of the spring,
  Went flitting past me yesterday;
1 looked and sighed, remembering
  My love, like swallow flown away.
And all day long I conned, with care,
  The almanac, whose pages tell
The days and months of that sweet year
  We loved each other—ah! so well.

Nay, never think my youth is o'er,
  That dreams of you no more delight;
My heart would rush to ope the door,
  At tapping of your fingers white.
Ah, Muse! unfaithful, yet so dear,
  Since but for you that heart may beat,
Return, and share the humble cheer
  By love and laughter once made sweet.

Our tiny room, whose stools and chairs
  Remember still though you forget,
Already wears a festive air
  At thought of your return, Musette.
Unaltered you shall find them all,
  The friends you left to mourn you there—
The little bed, the tumbler tall
  From which so oft you'd drink my share.

16

Once more you'll wear the robe of white
    You wore in summer long ago;
And on the Sunday mornings bright,
    Together to the woods we'll go.
Beneath the arbour's blossoming,
    Again we'll sip the claret rare
In which your song would wet his wing
    Before he cleft the evening air.

And Heaven, who keeps no record, dear,
    Of all the ill you've done to me,
Will give us moonlight soft and clear,
    When falls the night on field and tree.
Ah! you shall find, sweetheart of mine,
    That Nature, lovely now as when
Our love made life a joy divine,
    Is ready with her smiles again.

And now, my fair Musette, at last,
    Flits hitherward on dainty wing;
The Carnival's delights are past;
    The swallow seeks her nest in spring.
I kiss the truant o'er and o'er,
    But find my heart grown strangely cold;
For, oh! she is Musette no more,
    And I am not her love of old.

Good-bye, my dear, and go your way!
    I did but dream of love. Alack,

'Tis hidden, with our youth, away
    Within this poor old almanac,
Whose sunny hours and amorous
    Shall live no more for any sighs;
Save when Remembrance brings to us
    The key of our lost Paradise.

—— —— :: —— ——

TO MY COUSIN ANGELA.
A New-Year's Gift.

METHINKS the fairest years of life are over for us two—
    The years when youthful hearts in realms of innocence
        may dwell.
I keep their memory sacred.   Do they linger still with you—
    The thoughts of happy infancy, oh, ma cousine Angèle?

Those days seem very distant, dear; and often unawares
    The shadowy wings of passing years have touched us both,
        ma belle;
And all our young light-heartedness, ere life had any cares,
    I fear has flown away with them, oh, ma cousine Angèle!

A band of madcap scholars, rushing gaily through the town,
    Do you remember how we sang the ancient *ritornelle*—
" *We'll wander through the woods no more: the laurel trees*
    are down."
    We'll wander through the woods no more, oh, ma cousine
        Angèle!

But happier far your fate than mine, within your quiet nest,
  With kindly faces round you and your mother's voice to
    tell
Of peace and love—her gentle care to keep within your
    breast
  The faith that lives in mine no more, oh, ma cousine
    Angèle !

By day your pleasant toil to you is dear as any friend ;
  By night a white-winged angel comes the shadows to
    dispel ;
And blessed visions, one by one, the long hours through,
    descend
  From heaven upon your little bed, oh, ma cousine Angèle !

'Your voice is very sweet to me ; your pretty name is sweet ;
  And sweet the happy light within the eyes I know so well ;
Your sixteen summers fill the ways where strayed my childish
    feet,
  With scents of youth and purity, oh, ma cousine Angèle !

Fair cousin mine, in former years, when came the New-
    Year's Day,
  According as my slender means would grant an inch or ell,
Some pretty toy I've bought to you—bon-bons or riband gay.
  It never was a precious gift, oh, ma cousine Angèle !

But now, within my poor old purse, the devil, as they say,
  Has come to make his lodging and I fear he means to dwell.

And Plutus, sightless god ! is deaf as well, for when I pray
    He will not deign to answer me, oh, ma cousine Angèle !

So, child, to-day you may not have a New-Year's gift from me.
    I bring no shining souvenir—no dainty *bagatelle*—
No costly plaything carven by some rising Cellini—
    Not even a box of sugar plums, oh, ma cousine Angèle !

But I shall shake your hand, dear, half in mirth and half in
    sorrow,
    Perhaps you'll let me kiss you with a brother's kiss as well ;
And this poor rhyme is yours, of course, but long before
    to-morrow
    No doubt you'll have forgotten it, oh, ma cousine Angèle !

———::———

MEMORIES.

LOUISE, have you forgotten, say,
    The flowery nook in garden old,
That evening when your fingers lay
    A-tremble in my eager hold.
Intent to hear our whispers sweet,
    So close we sat beneath the trees
That sighs would mingle, lips would meet—
    Do you remember, my Louise?

Marie, have you forgotten quite
    The change of rings we made one day,
The fields asleep in golden light,
    The song of birds in woodlands grey,
The fountain, musical and clear,
    That tinkled by the trysting tree,
And all the spots by love made dear—
    Do you remember, sweet Marie?

Christine, have you sometimes a sigh
    For your boudoir, perfumed and gay,
For my small chamber near the sky,
    For April days and nights in May?
Those cloudless nights when starry eyes
    To you seemed saying : Beauty's queen,
Like us, let fall the day's disguise—
    Do you remember, fair Christine?

Louise is dead : Marie, they say,
    Has ta'en to roads that downward run ;
And pale Christine has passed away
    To bloom again 'neath southern sun.
Alas ! Louise, Marie, Christine—
    They might as well be dead all three ;
Our love has long a ruin been,
    And no one lingers there but me.

LAST WORDS: TO A DEAD FRIEND.

THY voice, from the graveyard crying aloud to listen, sweet
　　friend, may win us;
Eut nothing of spirit will stir to life, for that has been dead
　　within us,
　　　　So long, alas! so very long ago.
Our souls are dead and our hearts are lead, and pride and
　　ambition are banished :
Our darling dreams of applauding crowds, and the wreaths
　　of bays have vanished
　　　　And left our lives as drear as a waste of snow.

We dreamt—'twas an idle dream, no doubt, but the gods
　　will be forgiving—
That the power was ours of our dreams to make realities
　　fair and living
　　　　By the painter's rapid brush or the poet's pen ;
But the inspiration failed somehow, and the power is gone
　　for ever :
Alas ! for the poems we may not write and the scenes to be
　　painted never—
　　　　The dear, lost dreams that ne'er shall be ours again.

Ah, better the gods should fling us aside ; we are useless
　　tools and broken ;
And better to rust in dull disuse than know that our names
　　are spoken
　　　　By the ribald crowd with a laugh and a cruel jest.

Vainglorious visions were ours at best ; we see it, but all too
    late ;
There are better men to come after us—they are singled
    out by Fate—
        To them we resign our place, for Fate knows best.

We shall travel the way of the maimed and the old, with
    Misery's haggard bands—
Eke out our days with the paltry price of the work of our
    failing hands :
        At least we know that soon shall the day decline·
And so let them dig by thine the grave, to hide our failure
    and sorrow,
As it hid thy youth and thy promise fair ; let oblivion rest
    to-morrow
        On our two names, as it rests to-day on thine.

GLOSSARY.

A

A'. All
Aboot. About
Abune. Above
Ae. One
Aff. Off
Afore. Before
Aft. Oft
Aften. Often
Agley. Off the right line
Aiblins. Perhaps
Ain. Own
Air. Early
Airn. Iron
Aits. Oats
Agee. Agley
Alane. Alone
Amaist. Almost
Amang. Among
Amen's. Amends
An'. And
Ance. Once
Aneath. Beneath
Ane. One
Anither. Another
Arle. To engage, to fee
Aught. Possession
Auld. Old
Auldfarran. Sagacious, sly
Ava. At all

Awa'. Away
Awfu'. Awful
Awn. Owing
Aw'd. Owed

B

Ba'. Ball
Bab. Bunch
Bairn. A child
Baith. Both
Ban. A band. To curse
Bane. Bone
Bang. A blow
Bannet. Bonnet
Baps an' yill. Bread and ale.
Barefit. Barefooted
Barley Bree. Whisky
Bassent. White-browed
Bauchels. Old shoes
Bauld. Bold
Bawbee. A halfpenny
Beek. To shine, to warm
Befa'. Befall
Belyve. By-and-bye
Ben. Into the parlour, or spence
Bent. Rushy ground
Bere. Barley
Beuk. Book, the Bible
Bide. To wait, to endure
Biel. Shelter

Bien. Wealthy, respectable
Big. To build
Biggin. House
Birl. To rise or fall with a quick whirling motion.
Birsle. To toast
Birk. Birch
Birn. Sprig, Spray
Blackboids. Fruit of the bramble
Blate. Bashful
Blaw. Blow
Bleeze. To blaze
Blether. To talk nonsense
Blin'. Blind
Blink. To look kindly, to shine by fits
Bluid. Blood
Bode. To plead, foretell
Bock. To retch, to vomit
Bodle. Small coin
Bogle. Spirit, hobgoblin
Bonnie. Handsome, beautiful
Boo. To bow
Bools. Marbles, boulders
Bosie. Bosom
Brace. Mantle shelf
Brae. Hillside
Braid. Broad
Brak. Broke
Braw. Fine, handsome
Braws. Fine clothes
Breeks. Breeches
Brent. Smooth
Brig. Bridge
Brither. Brother
Brocht. Brought
Brock. Badger
Brod. Board
Broo. Brow
Brose. Scalded oatmeal
Broun. Brown
Brusten. Fatigued
Buffs. Lungs

Buffy. Plump
Buirdly. Strong, robust
Bumbee. Humble bee
Burn. Rivulet
Burnie. Streamlet
Busk. To dress
Buskit. Dressed
But-an'-ben. The kitchen and parlour
Byke. Bee-hive
Byre. Cowhouse

C

Ca'. To call, to drive
Ca'd. Called, driven
Caddy. Young fellow
Callan. Boy
Caller. Fresh
Calshes. Boy's suit, consisting of jacket and trousers all in one piece
Cam'. Came
Canker'd. Ill-natured
Canna. Cannot
Cannie. Gentle, mild
Cantie. Merry
Cap-stane. Cope-stone
Carle. An old man
Carlin. A stout old woman
Cauld. Cold
Caulrife. Cold, unkind
Chap. Fellow
Channer. To grumble
Chiel. Fellow
Chimla-lug. Chimney-corner
Chitter. To shiver, tremble
Chow. Chew
Clashes. Scandal
Clootie. The devil
Cluds. Clouds
Coft. Bought
Coof, Cuif. Blockhead

Cors. Cross
Corbie. A crow
Cosie. Snug
Coup. To fall over
Cout. Colt
Couthie. Kind
Crack. To converse, a short time
Craigie. Rocky
Cranreuch. Hoar frost
Crap. Crop, crept
Craw. Crow
Creeshy. Greasy
Croodle. To sing low, to coo
Croon. To hum a tune
Croun. Crown
Cruisie. Lamp
Cuddle. To embrace, to fondle
Cumert. Benumbed
Cushie doo. Cushat dove
Cuist. Did cast
Cutty. Low stool

D

Dad, or Daddie. A father
Dae. Do
Daffin. Sport, merriment
Dan'er. To walk, wander
Dang. Drove, overcame
Daurna. Dare not
Daurker. Daysman
Dawd. To thump, a large piece
Dawtit. Well beloved, fondled
Dawlie. A spoiled child
Dearie. Diminutive of dear
Dee. To die
Deein'. Dying
Deil. Devil
Dementit. Insane
Dicht. To wipe
Dinna. Do not
Dird. The pet, displeasure

Disna. Does not
Divot. Sod
Dizen. Dozen
Dochter. Daughter
Docken. Dock
Dool. Sorrow
Doo. Dove
Doot. Doubt
Dorty. Saucy
Douce. Quiet, well behaved
Doug. Dog
Douk. To dip
Doun. Down
Dour. Stubborn
Dowie. Mournful
Dragen. Kite
Draigled. Draggled
Drap. Drop
Drappie. Diminutive of drap
Drave. Drove
Dree. To suffer, to endure
Dreigh. Slow
Dreep. To drip
Droich. A dwarf
Drookit. Drenched
Drouth. Thirst
Drucken. Drunken
Dubs. Pools
Duddy. Ragged
Dumfoundert. Astounded
Dummie. Deaf mute
Dune. Done
Dunkit. Crestfallen
Dunter. Weaver
Dyke. Wall, fence

E

E'e. The eye
Een. The eyes
E'en. Evening
Eerie. Frightened
Eller. Elder

En'. End
Ettle. To try, intend

F

Fa'. Fall
Faik. To forgive
Faither. Father
Farer. Farther
Farl. A cake
Fash. Trouble
Fauld. Fold
Fause. False
Fearfu'. Fearful
Fecht. To fight
Feckless. Weak, silly
Fend. To defend
Feth. Faith
Ferlie. A wonder
Fidgin. Restless
Fiel'. Field
Fin'. To find, to feel
Fit. Foot
Flair. Floor
Flannen. Flannel
Flaucht. To flash
Flee. To fly
Fleech. To beseech
Flees. Flies
Fleg. To chase, to scare
Flichter. Flutter
Flicker. To flutter
Flyte. To scold
Forbye. Besides
Fou'. Drunk
Frae. From
Fricht. Fright
Frien'. Friend
Fremit. Strange, not of kin
Fu'. Full
Fule. Fool
Fyke. State of anxiety
Fyle. To dirty

G

Ga'. Gall
Gae. To go
Gab. Loquacity
Gaed. Went
Gaet. Way, road, manner
Gane. Gone
Gang. Go, to walk
Gar. To make, to force to
Gat. Got
Gaun. Going
Gawkie. *See* Glaiket
Gear. Goods, riches
Gee'. The pet, displeasure, to move
Get. A child, a bastard
Ghaist. A ghost
Gie. To give
Gin. If
Gir. Hoop
Girn. To complain
Glaiket. Senseless
Glamour. Witchcraft
Gled. Bird of prey
Gleg. Sharp
Gloamin. Dusk, evening
Glint. To peep
Glour. To stare
Glunsh. To frown
Gowan. Daisy
Gowden. Golden
Gowp. To throb
Gowk. The cuckoo, a term of contempt
Grat. Wept, shed tears
Gree. To agree
Greet. To weep, to cry
Groat. Fourpence
Grosset. Gooseberry
Grue. To shudder
Grun'. Ground
Gude. God

Guid. Good
Guidman and Guidwife. Master
   and Mistress
Gyte. Crazy, outrageous

H

Ha'. Hall
Haddin'. Gathering
Hae. To have
Hain. To save
Hairst. Harvest
Haivers. Nonsense
Haffet. Side of the head
Hallan'. Dwelling
Hale. Whole
Halesome. Wholesome
Hallow. Hollow
Hame. Home
Han', haun. Hand
Hansel. Gratuity
Hap. An outer garment, to wrap
Haud. To hold
Harl. To drag
Haws. Fruit of the Hawthorn
Heich. High
Hicht. Height
Hielan'. Highland
Hingin'. Hanging
Hirple. To limp
Hizzy. Hussy, a young woman
Hoo. How
Hoose. House
Hoast. To cough
Hotch. Movement of the body
   under the influence of laughter
Howe. Hollow
Howf. Haunt, rendezvous
Howk. To dig
Hunner. A hundred
Humplocks. Heaps, hillocks
Hushions. Stocking-legs

I

I'. In
Ilk, or Ilka. Each, every
Ingle. Fire, fireplace
Ither. Other, one another
Im-hm. Nasal affirmative

J

Jaud. Jade
Jaup. To splash
Jimp. Slender
Jist. Just
Joe. A lover
Jouk. To stoop, to hide
Jupe. Short gown
Jaw. To throw water

K

Kail. Colewort
Kebbock. Cheese
Kemp. To strive
Kent. Known, knew
Keelie. Thief
Kenna. Know not
Kenle. Kindle
Kep. To hinder
Kimmer. A young woman, a
   gossip
Kintra. Country
Kitchen. Animal food
Kittle. Difficult, hazardous
Knowes. Hillocks, knolls
Kye. Cows
Kyles. Ninepins
Kyte. The belly

L

Laddie. Boy
Laigh. Low

Laird. Landlord, master
Laith. Loath
Laithsome. Loathsome
Laithfu'. Bashful
Lammie. Lamb, infant
Lamp. To take long strides
Lan'. Land
Lane. Lone
Lanesome. Lonesome, lonely
Lang. Long, to weary
Lap. Leapt
Langsyne. Long ago
Lave. The rest, the remainder
Laverock. Lark
Lawin. Account
Leal. Loyal, true
Lea. Grass land, to leave
Lear. Learning
Lees. Lies
Leevin'. Living
Leddies. Ladies
Leme. A gleam
Leuch. Did laugh
Lift. The sky
Licht. Light
Lichtnin'. Lightning
Linn. Waterfall
Lippen. Trust
Lintie. Linnet
Loan. Field
Lo'e. To love
Loon, A fellow
Loot. To stoop
Lowe. A flame
Loupin'. Leaping
Lown. Calm
Lowse. To loose
Luckie bag. Lottery bag
Lug. The ear
Luggie. Wooden dish
Lum. Chimney
Luve. Love, to love
Lyart. Grey

M

Mae. More
Mailin'. Property
Mair. More
Maist. Most
Maister. Master
Mak'. Make
Maik. Halfpenny, equal
'Mang. Among
Mask. To infuse
Mavis. Thrush
Mauken. Hare
Maun. Must
Maut. Malt
Men'. To mend
Mensefu' Good mannered
Micht. Might
Midges. Knats
Min'. Mind
Minnie. Mother
Mirk. Dark
Misca'. To abuse, to call names
Mista'en. Mistaken
Mither. Mother
Moolins. Crumbs
Mony. Many
Mou. The mouth
Muck. Mud
Muckle, or Mickle. Great, much
Mutches. Caps, night-caps

N

Nae. No, not any
Naething. Nothing
Nappy. Ale
Nane, None
Neb. The bill, nose
Negleckit. Neglected
Neuk. Nook
Neist. Next
Nieve. The fist

Niffer. To exchange
Noo. Now
Nowt. Cattle
Noddle. The head

O

O'. Of
Ocht. Anything
Ony. Any
Oot. Out
Orra. Extra, that can be spared
Oor. Our
Owre. Over
Owrie. Shivering
Oxter. The armpit

P

Pauner. To delay
Parritch. Porridge
Pat. Pot
Pawkie. Sly
Pechin. The stomach
Peelins. Potato-skins
Peenie. Pinafore
Penny-fee. Wages
Pickle. Small quantity
Pirn-wheel. Wheel for winding yarn
Pirnie. Home-made
Plack. Small coin
Plunk the schule. To play truant
Plew. Plough
Pourie. Milk-pot
Pow. The head
Powhead. Tadpole
Pouch. Pocket
Pu'. To pull
Peeverall. A bit of thin stone or slate, used by children at the game of pallall
Puddock. Frog.

Puddock-stool. Fungus
Puir. Poor
Poortith. Poverty
Pu'pit. Pulpit
Preen. Pin
Pree. To taste

R

Rantin'. Jovial
Randie. Scold
Raucle. Stout
Raw. A row
Raxin'. Stretching
Rape. Rope
Red. Adjure
Reek. Smoke
Ream. Cream
Reist. To stand still
Reestit. Dried, withered
Reel. A dance
Richt. Right
Rig. A ridge
Rin. To run
Rive. To tear
Roostit. Rusty
Rock. Distaff
Rockin'. Tea party
Rout. To low, bellow
Roun'. Round
Roosed. Praised
Roupit. Hoarse
Rue. To regret
Rung. A cudgel

S

Saff's ! or Saff us ! Save us !
Sapples. Suds.
Sair. Sore
Sark. Shirt
Sang. Song
Sant. Saint

Saul. Soul
Saut. Salt
Sax. Six
Say awa. To say grace
Scaith. To damage, injury
Scadin'. Scalding
Scart. To scratch
Scaup. The skull
Scauld. To scold
Scone. A cake
Score. Account
Screech. To shriek
Screed. To tear
Scrimp. Scant
Scrimpit. Scanty
Schule. School.
Scour. To rub, to run
Score. A line
Scowther. To burn, scald
Scunner. To loathe
Sel'. Self
Sen'. Send
Settle. Flat stone, a seat
Shachled. Out of shape
Shaw. A wood, to show
Sheelin'. Cottage
Sheugh. A ditch
Shinty. A stick crooked at the end
Shool. A shovel
Shoon. Shoes
Shilpit. Thin, sharp-featured
Shuglie. Loose
Shouther. The shoulder
Sic. Such
Sicker. Severe
Sin'. Since
Simmer. Summer
Siller. Silver, money
Sinfu'. Sinful
Skaith. Harm
Skelpin'. Walking briskly
Skep. A hive

Skelp. To slap. To walk briskly
Skinklin. Sparkling
Skirl. To shriek
Skriech. To scream
Scyte. To glance off
Slae. Sloe
Slap. A stile, gate, opening
Slee. Sly
Smittal. Infectious
Socht. Sought
Sough. The sound of the wind
Soopt. Swept
Souter. A shoemaker
Spak. Spoke
Spaen. To wean
Spate. A flood
Spiel. To climb
Specs. Spectacles
Spen'. To spend
Spence. The parlour
Spew. To vomit
Spier. To ask
Sprachled. Sprawled
Spree. Drinking bout
Stack. Rick of hay or corn
Stan'. To stand
Stanin'-stroke. A web standing in the loom
Stane. Stone
Stang. To sting
Stap. To step
Stap. To stop
Stave. To walk heedlessly
Staw. To surfeit, disgust
Stech. To pant
Steek. To shut, a stitch
Steerin'. Restless
Steer-aboot. A romp
Steeve. Firm, determined
Stell. Still
Sten. To rear, to leap
Stent. Dues, taxes

Stey. Steep
Stirk. A cow or bullock a year old
Stoit. To stumble
Stock. Front of the bed
Stook. A shock of corn
Stool. A seat
Stot. An ox
Stoup. A liquor measure
Stoure. Dust
Stoun, or Stoun'd. To ache, a pang
Stovin'. Steaming
Strae. Straw
Strak. Did strike
Strappin'. Tall and handsome
Straucht. Straight
Streek. To stretch
Stroop. Mouthpiece
Stumpit. Cut short
Swang. Swung
Swapt. Exchanged
Swarf. To swoon
Swee. To push aside
Sweer. Reluctant
Swirl. To whirl, to eddy
Swith. Quickly
Swither. To waver, to hesitate
Syne. Since, then

T

Tae. Too
Taed. Toad
Tak. To take
Tap. The top
Tapsclteerie. Topsy turvy
Tangs. The tongs
Tarrie. Terrier
Tatties. Potatoes
Taivert. Demented
Teins. Teinds, tithes
Tether. To tie, a rope

Tent. To take heed
Tentie. Careful
Thack. Thatch
Theek. To thatch
Thegither. Together
Thole. To suffer
Thoom. The thumb
Thrang. Throng, to be busy
Thraw. To quarrel
Threshes. Rushes
Thun'er. Thunder
Thrum. A thread, fag end of a web
Tid. Mood
Tine. To lose
Tint. Lost
Tither. The other
'Tisna. 'Tis not
Toddle. To walk as a child
Toom. Empty
Toothfu'. A glassful
Toon, or Toun. Town
Tottle. To fall
Tousie, or Towzie. Rough, shaggy
Tosh. To clean, to put in order
Tumel. To tumble
'Tweel. At well, truly
'Twerena. It were not
Tyke. A dog

U

Ugsome. Horrible, unsightly
Unco. Strange, great, prodigious

W

Wa'. A wall
Wab. Web
Wabster. A weaver
Wad. Would
Waddin'. Wedding

17

Wadna. Would not
Wallies. Broken delf
Wae. Woe
Waeful. Woeful
Waggity-wa'. A German clock
Wair. To spend
Walth. Plenty
Wame. The belly
Wan'er. To wander
Warl. World
Warsle. Wrestle
Wark. Work
Warst. Worst
Wat. Wet
Waur. Worse
Wauchle. To walk with difficulty
Waucht. A draught
Wauken. To awake
Wean. A child
Wee. Little
Weel. Well, welfare
Weet. Wet, rain
Wha. Who
Whalp. Whelp
Whase. Whose
Whaur. Where
Whech. To take a long breath
Whilk. Which
Whins. Furze
Whisht. Hush ! to keep silence
Whussle. To whistle
Whittle. Knife
Wi'. With
Wifie. Diminutive of wife
Wimple. To meander

Worrikow. Phantom, goblin
Wiu'. Wind
Winna. Will not
Winnock. Window
Winsome. Handsome
Wizzen or Weasand. The gullet
Withouten. Without
Wonner. Wonder
Woo'. Wool
Woo. To court, to make love to
Worl'. The world
Wrack. Wreck, ruin
Wraith. A ghost, apparition
Wrang. Wrong
Wrocht. Wrought
Wud. Mad, crazy
Wuds. Woods
Wyte. Blame, to blame

Y

Yaupish. Hungry
Yal. Strong, supple
Yard. Garden
Yell. Farrow
Yesk. To hiccough
Yestreen. Yester even
Yett. Gate
Yill. Ale
Yird. Earth
Yirth. Earth
Yorlins. Nestlings
Younkers. Children
Youf. To bark. to whine
Yowl. To howl as a dog

GLASGOW : PRINTED BY HAY NISBET & CO.

www.ingramcontent.com/pod-product-compliance
Lightning Source LLC
Chambersburg PA
CBHW030810020726
47499CB00006B/1848